Doris Leupold, Jan 01

SV

Gertrud Leutenegger
Kontinent

Suhrkamp

Zweite Auflage 1985

Druck: MZ-Verlagsdruckerei GmbH, Memmingen
Printed in Germany

Kontinent

Plötzlich auf der Paßhöhe angelangt, öffnet der Chauffeur die Tür des Lastwagens, springt hinaus, der Beifahrer folgt ihm unmittelbar, und wie auch ich nun zwischen ihnen stehe, blähen sich ihre Kittel im Frühwind, der aus der Flußebene weit unter uns heraufweht. Der Beifahrer streift die noch schattigen Kiefernwälder, die Gerölldeltas mit keinem Blick. Er streckt den Arm gegen einige fern in der Ebene versammelte Hügel aus, dort, ruft er, und neigt sich so tief zu mir, daß ihm eine graue Haarsträhne übers Gesicht fällt, dort erwartet man Sie! Der Chauffeur hebt die Hand und beschattet die Augen, obwohl erst der Horizont vom Morgenlicht beschienen ist. Vor undenkbarer Zeit haben sich die Hügel von den Gebirgsflanken gelöst, sagt der Beifahrer, und sind niedergestürzt, um einmal, vom Fluß rastlos unterhöhlt, wie das endlich geglättete Meer in der Ebene unterzugehen, er wendet sich zum offenen Wagenschlag, kommen Sie. Von der Plache, straff über den Anhänger gespannt, tropft der Tau. Ich klettere auf den erhöhten Mittelsitz, die kurvenreiche Paßstraße ist nun vollends überblickbar. Ich will die mir bestimmten Hügel in der Ebene nicht mehr aus den Augen lassen, die immer dichteren Kieferngruppen, das gelbe Gras. Da sinkt, mit einer kleinen Bewegung, der Kopf des Beifahrers gegen mich. Ich blicke sofort nach dem Chauffeur, aber sein Gesicht, noch sehr jung, zeigt keine Spur von Ermüdung, er scheint nur mit der möglichst leichten Beherrschung des Tempos beschäftigt, rasch fahren wir die vielen Windungen zur Flußebene hinunter. Mein Kleiderschrank ist offen, sage ich, deutlich habe ich es gehört, die Schranktüren sind aufgegangen! Der Beifahrer blinzelt mich, schräg von unten herauf, schläfrig an, beruhigen Sie sich, das ist eine übliche Erscheinung bei Umzügen, auf einmal hören die Leute ihre Schranktüren gehen, die Kleider von der Stange fallen, dabei sind alle Kleider höchstwahrscheinlich fest in Koffern verpackt, oder nicht? Oft hören die Leute das Bett knarren, sagt der Chauffeur, ohne in der letzten Kurve zu bremsen, man stelle sich vor, das Bett! Immerhin wirkt der Beifahrer wieder wach. Er kneift, über mich hinweg, den Chauffeur in den Arm, eine Schrankkontrolle ist gewiß überflüssig, aber wie wäre es mit einer Vorführung unserer Kippvorrichtung? Oder, sagt er zu mir gewandt, die Hebebühne? Der Chauffeur schnalzt warnend mit der Zunge und vergrößert entschieden die Fahrgeschwindigkeit. Die Kippvorrichtung, frage ich, welche Kippvorrichtung? Der Beifahrer lehnt sich zurück. Ein einziger Handgriff, sagt er, und die ganze Führerkabine ist gekippt! Wir könnten Sie, je nach Wunsch, auf den Mittelsitz festgeschnallt mitkippen lassen, oder Sie betrachten sich das Schauspiel von außen, wie?

Die Kiefernwälder, ohnehin niedrig und offensichtlich unter beständigem Sturmeinfluß westwärts geneigt, lichten sich, Geröll überzieht die Ebene, der

Fluß ist reißend geworden. Hie und da tauchen hohe Kamine auf, das Aluminiumwerk, sagt der Beifahrer, kaum verliert der Flußlauf etwas an Wildheit, sofort dichte Ansammlung von Häusern, abgeschlossen durch eine Front schwarzgebrannter Ställe, dann wieder Gerölldeltas, das Rauschen des Flusses ist jetzt durch die Wagenscheiben hörbar. In abseitigeren, beinahe ausgetrockneten Flußarmen bilden sich größere Tümpel. Sie glauben nicht, ruft der Beifahrer, was wir uns hier vergnügt haben! Früher, in den Zeiten strenger Kälte, sind wir jeden Abend aus dem Dorf zum Fluß weggeschlichen, alle Knaben mit Streichhölzern bewaffnet. Auf den gefrorenen Tümpeln, deren Wasser berühmt war für ihre Beschaffenheit, haben wir die aufsteigenden Gasblasen gesucht und angezündet, manchmal eine um die andere, oft alle zusammen, in geraffter, dann wieder verlangsamter Folge, bis überall die Flämmchen flackerten, hüpften, erloschen! Ihr stellt euch das nicht vor, sagt der Beifahrer, diese ganz kurz wie unterirdisch erleuchteten Tümpel, und sämtliche Knaben, vom unablässigen Beobachten der Flämmchen, mit völlig versengten Augenbrauen. Der Chauffeur streckt, ohne den Kopf zu bewegen, die Hand nach dem Beifahrer aus, der sie sofort erfaßt und gegen seine Stirn drückt, tatsächlich, ruft der Chauffeur, alles versengt, nichts mehr vorhanden! Nicht wahr, lacht der Beifahrer schallend, das waren gefährliche Zeiten, er wendet sich zu mir, berühren Sie, berühren Sie nur! Er neigt den

Kopf, seine dunklen Augen wechseln den Ausdruck, erhebt sich ein Sturm darin, sehe ich Flammen auflodern in der Nacht? Von jäher Ablehnung durchdrungen, kehre ich mich ab, lege die Hand auf den Arm des Chauffeurs, sind wir bald da?

Der Beifahrer ist eingeschlafen. Auf beiden Seiten des Flusses weicht das Gebirge mehr und mehr zurück. Die Hügel in der Ebene nähern sich, wie von unterschiedlich wandernden Bewegungen erfaßt. Sie scheinen überhaupt nicht bewachsen, nur langsam wird eine karge Musterung der Abhänge deutlich, schmale Fahrstraßen übereinander, zerstreut ein Gewimmel von Zementpfählen. Sie sind sich über Ihren Arbeitsvertrag im klaren, fragt der Chauffeur, ich nicke. Ich habe aus dem Innern des Lastwagens ein Geräusch gehört. Ein Flügel der Schranktür geht auf, die leere Messingstange glitzert. Nichts an Kleidern habe ich mitgenommen, ich kann mich in meinen Schrank legen wie in mein Bett, fällt die Tür zu, schließt sich der Abgrund aller verlassenen Orte hinter mir. Meine Arbeit, sage ich zum Chauffeur, ist vom Aluminiumwerk ganz darauf ausgerichtet worden, mich in die bestehenden Verhältnisse einzugliedern, ich bekräftigte auch, daß ich nichts anderes wünsche als völlige Eingliederung, man ist mir in diesem Punkt bereits derart zuvorgekommen, daß ich beinahe fürchte, man habe mich mitten auf dem Dorfplatz einlogiert, unter vielleicht doch zu unruhigen Umständen, wissen

Sie Genaueres darüber? Der Chauffeur sieht mir, zum erstenmal, voll ins Gesicht, wer sollte Sie denn hier beunruhigen? Inzwischen lichtet sich das Gewimmel der Zementpfähle. Drahtspaliere zeichnen sich ab, in den steileren Lagen nur noch Eisenstekken, zahllose Zeilen rostig brauner bis schwarzer Eisenstecken, der Himmel aber ist jetzt von einem unverkennbar die Frühe des Jahres andeutenden Blau. Auf der Erde liegen zerschlagene Steinplatten, Schiefer, sagt der Chauffeur, auch der Schiefer wirkt bläulich, und die da und dort an den Eisenstecken aufgehängten Arbeitskittel sind blau. Der Chauffeur aber kneift überrascht die Augen zusammen. Überall hängen auf einmal blaue Arbeitskittel, oder liegen herum, wie hingeworfen, unter dem Eindruck eines überstürzten Befehls. Und obwohl wir eben eine schroffe Steigung hinauffahren, vergrößert der Chauffeur die Geschwindigkeit, da! lacht er und streckt das Kinn vor, da ist es! In der Senke, zwischen zwei Hügelkuppen, streckt sich das Dorf hin. Kalkweiß leuchtet der Kirchturm, die andern Häuser, blaßgelb, steinfarben, vitriolblau, gehen ein in die Gratlinie der Senke, hinter der die weiteren Hügel sich in der Ferne verlieren.

Eine rasche Erleichterung, so früh anzukommen, durchdringt mich. Ich überfliege die halbgeschlossenen Fensterreihen, nirgends eine Gestalt, ungestörte Stille liegt auf der Straße, die wir nun in Richtung des kalkweißen Kirchturms hinauffahren. Der Lastwagen wendet brüsk, hält. Der ganze Dorfplatz ist schwarz von Männern. In dichten Gruppen stehen sie beieinander, in dunkler Kleidung, nur selten wird im Gedränge ein gelber Strohhut sichtbar. Niemand hat den Kopf gedreht, als der Lastwagen hält, doch sind einige Gesichter sofort aufmerksam gegen unsere Windschutzscheibe gerichtet. Es sind immer mehr Gesichter, die uns betrachten, aus einer maßlosen Ruhe heraus, sie sind auch auf einmal viel näher um den Wagen geschart, zum Ersticken nah, wie seit unerreichbaren Tagen. Ich stürze durch diese Gesichter, ein senkrechter Sturz durch die Zeit, von Schwindel erfaßt umklammere ich den Wagenschlüssel. Da sehe ich erst, daß die vielen Augenpaare nicht mich, sondern den eingeschlafenen Beifahrer neben mir fixieren. Die Männer stoßen sich gegenseitig mit dem Ellbogen an, sie deuten auf seinen Kopf, der gegen das seitliche Wagenfenster gesunken ist, sie beginnen zu grinsen. Jemand tippt mit dem Zeigefinger an die Scheibe, der Beifahrer rührt sich nicht. Der Chauffeur lacht auf, gibt mit der Hand ein Zeichen und überquert, durch einen plötzlich sich eröffnenden Weg, den Platz. Ich schaue den Chauffeur von der Seite her an, ich wünsche irgendeinen Aufschluß über die unerwartete Ansammlung schwarzgekleideter Männer, aber er kurvt mit spöttisch einsilbiger Miene in die leere Dorfstraße ein. Der Beifahrer sinkt ohne jede Hemmung immer mehr in sich zusammen. Über seinen ergrauten Haarschopf hinweg sehe ich die Kellereingänge der Häuser, überall nur Kellereingänge, obwohl sie sich meist unter der Straßenhöhe befinden, sogar oft in die Hausmauer hinein zurückversetzt sind, aber einmal den Blick auf einen solchen Kellereingang geworfen, zeigt er sich sofort nur als Hinweis auf den nächsten Kellereingang, als wären alle Keller untereinander verbunden und das Beherrschende dieser Häuser überhaupt. Unvermittelt aber setzt sich eine andere Ordnung durch, von der Straße abgehobene Türen, offensichtlich Stalltüren, auf dem Querbalken eingeschwärzt eine Nummer, woher diese hohen Nummern, scheint das Dorf nicht klein und hier schon zu Ende? Nur noch der weite schieferblaue Himmel breitet sich vor uns aus. Der Chauffeur hat längst angehalten. Er nimmt sacht meine Hand vom Wagenschlüssel, den ich immer noch umklammere. Er ist bereits hinausgesprungen, er streckt mir den Arm entgegen, und zum zweitenmal an diesem Tag im Freien, sehe ich eine der Hügelkuppen direkt vor uns, und auf der kahlen Höhe, wie ein Schlag ins Gesicht, eine rote Hausfront. Was! rufe ich, aber ich kehre mich nicht einmal mehr nach dem Chauffeur um, obwohl ich das Recht dieses roten Hauses, hier den Hügel zu begrenzen, sofort leidenschaftlich in Frage stelle. Der Chauffeur rollt die Plache auf, läßt die Hebebühne herunter, das Observatorium, höre ich den inzwischen aufgewachten Beifahrer noch sagen, da ist das Observatorium! Es ist ein zweistöckiger, äußerst schmaler Bau, alle Fensterläden geschlossen. Eine Anziehung, schrecklich und unwiderstehlich, entströmt den roten Mauern. Schon jetzt fürchte ich nichts so sehr, als die Fensterläden könnten sich eines Morgens öffnen, und eine nie gehörte Musik schallte heraus.

Nun nehmen sie das Bett, denke ich, den Schrank, die Flügeltür wird aufgehen, ein kurzes knarrendes Geräusch verursachen, und die schwarzen Adern im Nußbaum flammen. Ich drehe mich um. Da stehen der Chauffeur und der Beifahrer in einem Seitenweg und winken, kommen Sie, Sie wohnen nicht im Observatorium, nein, nicht dort oben, Sie wohnen hier, im Kanalhaus. Sie deuten auf ein niedriges Gebäude aus Stein. Das Innere des Lastwagens ist bereits leer. Der Beifahrer öffnet mir mit vornübergeneigtem Oberkörper die Tür des Kanalhauses, als empfange er mich bei sich selbst. Ich trete ein, aufatmend stelle ich fest, es ist ein einziger Raum. Auf dem Steinfußboden hat der Chauffeur den Rest der für den Transport bestimmten Brote ausgebreitet, die Weinflasche ist beinahe geleert, die beiden ziehen ihre Kittel an. Behalten Sie die Brote, sagen sie, das letzte Brot aus der früheren Gegend, noch unter der Tür rufen sie, essen Sie nur ruhig! Ich höre die Hebebühne hinaufklappen, den Lastwagen anfahren, das Knirschen der Steine im Weg. Dann bin ich im Kanalhaus allein. Die Stille vergrößert den Raum, die durch die Fenster hereindringende Weite der Landschaft, der ich mich, seit dem ersten Augenblick, rückhaltlos anbiete. Die Wände sind weiß gekalkt, nur die Decke besteht aus einer groben Holztäfelung. Immer noch sitze ich auf dem Steinfußboden, alles läßt sich von hier aus verfolgen. Keine überstürzten Gänge, kein Verrücken von Gegenständen, der Schrank steht, wo er allein denkbar ist, und ihm gegenüber, in einer Art untrennbaren Entsprechung, das Bett. Nur etwas Kälte teilt sich mir vom Steinfußboden mit. Ich stehe auf, das Licht, das nun voll einfällt und den Raum durchfließt, muß bereits das Nachmittagslicht sein, in der hinteren Fensterfront sehe ich mich widergespiegelt, fast durchsichtig vor Licht, ich werde kein Hindernis in dieser Landschaft sein.

Rote Glut zieht über den Himmel. Das Observatorium! fahre ich auf, aber natürlich hat das nichts mit dem roten Observatorium zu tun, es dunkelt nur. Trotzdem gehe ich hinaus, ich will den schmalen Bau auf dem Hügel nochmals ins Auge fassen. Er wirkt weniger herausfordernd als am Morgen, das Rot erdfarbener, verwaschener im Abendlicht, auch Risse sind in den Mauern. Einer der geschlossenen Fensterläden hängt irgendwie schief, vielleicht fällt er nächstens herunter, eine Querleiste steht sperrig offen, als hätte jemand eine Hand durchgeschoben. Aber ich wünschte, es stünde dort kein Haus. Der Hügel starrt von Eisenstecken, ebenso der Hügel am andern Dorfende, nur ist auf der Höhe desselben ein Rest von Bewaldung sichtbar, während in der ganzen Umgebung, an allen niedergehenden Hängen, kein einziger Baum zu entdecken ist. Das Kanalhaus ist das letzte Haus des Dorfes, das mit seiner geraden Hauptstraße und den langen Seitenwegen wie die Wirbelsäule eines vor Jahrhunderten ausgetrockneten riesigen Tiers mit der Gratlinie der Senke verwachsen ist. Im Dorf sind einige Lichter angezündet worden. Die Nacht bricht herein, ich habe plötzlich das Bedürfnis, ins Innere des Hauses zurückzugehen. Unter der noch offenen Tür erreicht mich ein abgerissener Ton vom Kirchturm her, wie das Läuten einer Totenglocke, der Platz voll schwarzgekleideter Männer fällt mir wieder ein, aber war das nicht heute in der Frühe? Doch ist das Läuten zu unruhig, setzt oft aus, kehrt nur zögernd wieder. Vielleicht ist es ein Luftzug, der die Glocke in Schwingung bringt, der Wind, der seit der Dämmerung zugenommen hat. Ich will die Tür schließen. Auf der Außenseite ist etwas hingekritzelt, habe ich denn das beim Ankommen nicht bemerkt? Auf der Tür steht, mit weißer Kreide, Danger.

In der Nacht erwache ich von einem eigentümlich leisen, fließenden Geräusch. Ich liege reglos im Bett, das Fenster ist offen, der Wind hat sich vollkommen gelegt, regnet es? Es ist aber nicht jenes Geräusch, das unverkennbar Nässe, Rauschen, Durchtränktwerden vermittelt, sondern ein unberührteres, beinahe innerlicheres Geräusch, doch deutlich ein Fließen, manchmal geradezu Glucksen. Ich weiß nicht, weckt mich das Geräusch, schläfert es mich ein. Es ist das Grundwasser, denke ich auf einmal, auch in dieser steinigen Landschaft bin ich vom Grundwasser nicht abgeschnitten, in der Nacht wird man es hören, im Schlaf vergewissert man sich seiner. Das reglose Horchen erfüllt mich mit tiefer Stille. Gestern bin ich gereist, jetzt aber bewegt sich die Welt. Später erwache ich von der Morgenhelligkeit. Sie fällt so stark in den Raum ein, daß ich einen Augenblick geblendet die Augen schließe. Das Geräusch ist noch da, wenn auch verhaltener. Ich werde dieses Geräusch gleich mit meinem Gerät aufnehmen, der Gedanke, schon am Morgen nach der Ankunft meine Arbeit für das Aluminiumwerk auszuführen, belebt mich unverzüglich. Mit nackten Füßen laufe ich auf dem Steinfußboden herum, wo nur der Chauffeur, oder der Beifahrer, das Aufnahmegerät verstaut hat? Aber warum ist das Fenster geschlossen! Gestern vor dem Einschlafen habe ich es ausdrücklich offengelassen, ich habe die Jacke auf den Fenstersims gelegt, um bei zunehmendem Wind das Zuschlagen des Fensters zu verhindern, doch die Jacke liegt am Boden, als wäre sie sorgfältig dort zusammengefaltet worden. Ich reiße das Fenster auf und sehe in das von unten her mir zugekehrte Gesicht einer Frau.

Zwei dunkle Augen mustern mich. Die Frau fährt mit der Hand durch das kurze, krause, gelichtete Haar und sagt, ich habe in der Nacht das Fenster zugestoßen, Sie hätten sich erkälten können, die Luft ist rauh hier, alle geben sich der Täuschung der Wärme tagsüber hin, aber Sie hätten schon beim ersten Erwachen einen trockenen Hals gehabt. Dann schweigt sie, als hätte sie für ihre Verhältnisse, oder für diese frühe Stunde des Tags, bereits außerordentlich viel geredet, beobachtet mich jedoch weiterhin unverwandt. Sie ist von drahtiger Kräftigkeit, mit derselben faltigen sonnenverbrannten Haut, die mir gestern an den Männern auf dem Dorfplatz auffiel. Ich bin, sagt sie mit einer abschließenden und sehr bestimmten Geste gegen den Hügel hinauf, die Verwalterin. Instinktiv fühle ich das Bedürfnis, mich ebenfalls durch eine Tätigkeit vorzustellen, ich blicke mich erneut im Raum um, endlich sehe ich das Aufnahmegerät, es steht auf dem Schrank, ich hole es herunter und bringe es zum Fenster. Ich will dieses Geräusch aufnehmen, sage ich, hören Sie es, dieses Fließen, Glucksen? Die Verwalterin wendet sich interessiert dem Gerät zu. Ihr Gesicht drückt unverhohlene Bewunderung aus, wie klein es ist, ruft sie, was mich augenblicklich für die Verwalterin einnimmt, ich sage gespannt, es ist wirklich besonders unscheinbar, nicht? Dann drücke ich die Taste. Die Verwalterin scheint irgend etwas zu erwarten, sie blickt mich verständnislos an, ich sage, ist das vielleicht das

Grundwasser? Jetzt lacht die Verwalterin auf. Sie schiebt mit ihren schwarzen Gummistiefeln die Brennesselbüsche unter dem Fenster beiseite, plötzlich sehe ich den winzigen Kanal, der direkt unter dem Haus hervorplätschert. Die Verwalterin hat sich ein paar Schritte entfernt. Sie winkt mich hinaus, vor der Tür werfe ich schnell einen Blick zurück, tatsächlich, das Gekritzel steht immer noch da, Danger, ich werde einfach nicht mehr hinsehen. Draußen greife ich mir an den Kopf, daß ich das gestern nicht bemerkt habe! Unter der ganzen Längsfront des Hauses fließt ungedeckt ein kleiner Kanal durch. Ich bücke mich und schaue unter dem Haus hindurch, der Wasserstand ist niedrig, kaum eine Hand hoch. Die Verwalterin beginnt Brennesselbüsche auszurupfen, nicht wahr, sagt sie, Sie lassen mir alle Brennesseln stehen, ich brauche sie für meine Brühe. Welche Brühe? frage ich. Die Verwalterin schlägt die Erde von den Brennesselbüschen ab, die Brühe für meine Reben, sagt sie, und nach einigem Zaudern, ich nehme auch Kaffeesatz, Kaffeesatz nehme ich ausgesprochen gern, Sie können ihn einfach vor Ihre Tür stellen. Die Verwalterin will sich offensichtlich verabschieden. Sie läuft den Seitenweg entlang, sie dreht sich noch einmal um, die Miete, ruft sie, die Miete zahlen Sie am besten mir, jetzt, da der Bewässerungsinspektor nicht mehr lebt! Aber ich bin doch vom Aluminiumwerk angestellt, rufe ich zurück, was soll das nun! Die Verwalterin bleibt kurz stehen, bevor sie endgültig gegen das Dorf läuft, Sie wohnen im ehemaligen Haus des Bewässerungsinspektors!

Ich verliere die Verwalterin aus den Augen. Dünner Staub fliegt hinter ihr auf, ist denn die Erde hier so trocken, ich bücke mich unwillkürlich, sie zerrieselt mir zwischen den Fingern wie Sand. Ungestüme Traurigkeit bemächtigt sich meiner. Ich blicke zum Observatorium hoch, das mir an diesem Morgen wieder unannehmbar erscheint. Der Entschluß, nichts außerhalb meines jetzigen Lebens Gewalt einzuräumen, ist bereits bedroht durch eine einzige Bemerkung der Verwalterin. Ein ruheloser Drang, hinaus in die Gegend zu laufen, erfaßt mich. Ich schlage die Richtung zum Dorfplatz ein, dort wird mir meine Zugehörigkeit bekräftigt werden, bekräftigt allein dadurch, daß ich ihn aufsuche und überquere, als lebte ich schon lange hier. Ich bin überrascht, ihn völlig leer vorzufinden. Der kalkweiße Kirchturm erhöht noch die grelle Lautlosigkeit des Platzes. Er steigt leicht an, ein Haus mit gelbem Verputz und einer seitlichen Terrasse schließt ihn ab, die andern Häuser haben einen bläulichen Mauerbewurf, die Fenster der Erdgeschosse sind teilweise ungewöhnlich groß und milchig gespritzt, die Glastüren ebenfalls eingetrübt. Ich will wieder in die Dorfstraße einbiegen. Oder hat mir jemand, von der Terrasse des gelbverputzten Hauses, gewinkt? Da die Terrasse aber von verschiedensten Gegenständen belagert ist, einem alten Küchenherd, Fahrrädern, aufgespannter Wäsche, weiß ich nicht, war es nur ein Wäschestück, kurz von einem Luftstoß gewendet, oder ein Aufblitzen der Sonne in der Messingstange des Küchenherds, doch betrete ich die Dorfstraße mit dem deutlichen Eindruck eines hochgehobenen Arms. Nach einer langen Häuserfront verbreitert sich die Straße, überrascht finde ich mich unter einer Gruppe hoher alter Nußbäume, deren starke Kronen bis jetzt meinem Blick ganz entgangen sind. Zwei Männer, merkwürdig unterschiedlich in Größe und Gewicht, starren ohne miteinander zu sprechen, den Rücken zur Straße, die Stämme an. Kaum bin ich an ihnen vorüber, kann ich nicht widerstehen, zurückzuschauen, sie drehen ebenfalls den Kopf, in einem Anflug von Mutwillen gehe ich auf sie zu. Die beiden Männer verziehen keine Miene. Dann sagt der Größere, Dicke, Sie sind also vom Aluminiumwerk angestellt, ich bejahe lebhaft, seit heute. Die beiden schauen mich unentwegt an. Es handelt sich um sogenannte Naturaufnahmen, sage ich, Naturaufnahmen für die Jubiläumsplatte des Aluminiumwerks. Obwohl mir meine Bereitwilligkeit zu Erklärungen völlig unverständlich ist, fahre ich fort, die Mischung der Aufnahmen für die endgültige Musik wird zwar von jemand anderem ausgeführt werden, ich liefere nur das Rohmaterial, vielfältige Geräusche der Natur, alle Elemente sollen sich darin verbinden. Die beiden grinsen jetzt, besonders der Kleinere, da werden Sie allerdings einiges zu hören bekommen! Ermutigt frage ich, wo sich denn hier die Metzgerei befinde. Die beiden Männer zeigen hinter die Nußbäume, auf den Anbau eines Stalls, gestern war er da, rufen sie, aber er ist wegen der Beerdigung gleich wieder abgefahren, der Metzger kommt nur einmal in der Woche. Das Fenster des Anbaus ist verrammelt. Kaum gelingt es mir, eines der vier breiten Holzbretter, die in einer rostigen Schiene vor das Fenster geschoben sind, ein wenig zu bewegen, die mit Nägeln eingeschlagenen halbrunden Blechgriffchen sind dabei auch nicht besonders hilfreich, sie sind zu zerbeult, endlich ist ein Spalt frei. Mit Mühe unterscheide ich eine weiße Waage, dann ein großes Fleischermesser, schließlich den ganzen engen gekachelten Raum. Die beiden Männer sind nirgends mehr zu sehen. Ich folge dem Weg, der hinter dem Stall weiterführt, er fällt rasch zwischen den Hügeln ab. Gleichmäßig verzweigen sich die andern Seitenwege quer über die Hänge, nur einige senken sich gegen eine Schlucht, Wasser rauscht in ziemlicher Entfernung, abschüssige Felsformationen türmen sich hintereinander. Die Rebzeilen hier liegen noch im Schatten, das Licht wirkt kalt, das Wasserrauschen wird stärker. Rasch kehre ich auf demselben Weg zurück. Vom Grat der Dorfstraße blicke ich auf die entgegengesetzte Seite hinunter, die besonnten Hügel, den glitzernden Fluß, das Aluminiumwerk in der Ebene. Hinter dem Kanalhaus hüpfen grüne Lichter. Schlagen die Rebstöcke schon aus?

Erregt laufe ich auf die Eisenstecken zu. Aber die Rebstöcke sind kahl, nur die Bändel aus grünem Kunstbast an den Stauden haben sich, in der Morgenluft, bewegt.

Über eine Stunde habe ich das Knattern der kleinen Hackmaschinen aufgenommen, die dürren Rebstauden werden in sie hineingeworfen, unten zerhackt herausgespuckt, und bleiben als Dünger liegen. Durch das ziemlich eilige Vorrücken der Hackmaschinen verschiebt sich die Geometrie der Rebstaudenhäufchen beständig. Im Wechsel tauchen auch die jenseitigen Gebirgsplateaus in Licht oder Schatten. Gegen Abend erscheinen die hintereinandergeschichteten Rebhügel zunehmend durchsichtiger, doch woher rührt die grüne Beschaffenheit des Horizonts? Der Widerschein der Kunstbastbändel ist längst erloschen, jetzt grünt nur noch der Himmel. Zwischen den Eisenstecken bin ich zum Observatorium hinaufgelaufen. Ich lehne mich an die rote Mauer, direkt unter den schiefen Fensterladen, würde ich mich nur etwas strecken, wäre die offene Querleiste in meiner Augenhöhe. Aber ich blicke weit in die Ebene hinunter. Der Fluß leuchtet schwarz. Vor dem an den Rändern noch hellen Himmel kommt ein Mann am Ufer entlang, gebückt, ein Seil straff über der Schulter, das Hemd zerrissen, so daß die bloße junge Haut hervorschaut, wundgescheuert vom Seil. Nimmt denn das Seil kein Ende? Endlich wird in der Ferne ein Boot sichtbar, der Mann zieht ein mit Kies schwer beladenes Zementboot den Fluß herauf, ich weiß nicht, mündet dieser Fluß in die Hauptstadt. Ströme sind begradigt, Kanäle in Felsen hineingehauen worden, aber dem Mann am Fluß ist die Hauptstadt verwehrt, jeder innere Bezirk, auch die äußerste Vorstadt. Gebückt schleppt er, über der Schulter das unablässig scheuernde Seil, das Zementboot durch die Nacht. Ich wünschte, mir würde etwas angeschwemmt aus dem Fluß. Pläne der Weltordnung vielleicht, heraufgebracht von nie gesehenen Tieren, oder ein versunkenes Leben, nein! Nur daß du nochmals die schwarzen Augen auf mich richtest, ausdruckslos, als ich nicht den Fluß heraufkam, sondern viel rascher, plötzlich, mit dem Flugzeug aus der Luft. Doch ich sehe nur deinen gebeugten Nacken, die winzigen Schweißtropfen, die wunde Haut. Die Nacht hat das Zementboot verschluckt. Schwarze Wogen wälzen sich den Flußlauf herauf. Ungeheures Tosen erfüllt die Erde, ein Deich ist gebrochen, schon überschwemmen Sturmfluten ganze Provinzen. In Panik rasen die Menschen zu den Anhöhen empor, klammern sich an Bäume, die im nächsten Augenblick entwurzelt davongerissen und in die Strudel hineingesogen werden. Manchmal hat ein Herrscher die Dämme absichtlich geöffnet, um die aufständische Landbevölkerung zu ertränken, dann wieder übernimmt die Natur dieses gründlichste Vernichtungswerk. Aber in einer Nacht, da erneut die Sintflut droht, errichten unzählige Hände auf den Deichen Erdmauern von gigantischer Länge, Menschen springen in die Wassermassen, um mit ihren Leibern jeden Einbruch zu versperren, und als der Morgen graut, tobt der angeschwollene Fluß, zum erstenmal, machtlos durch das unbesiegte Land.

Die offene Querleiste des Fensterladens knarrt. Ich stehe auf und gehe hinter das Observatorium. Da sehe ich, auf der dorfabgewandten Seite, die Verwalterin auf einem alten Traktor sitzen. Den Kopf vornübergeneigt, ist sie mit ihren Händen beschäftigt, aber sie muß mich kommen gehört haben, auf einmal hält sie ihre rechte Hand hoch, die von weißen Fäden sternförmig durchzogen mir in der Nacht entgegenleuchtet. Eigentlich wollte ich die Fäden eben herausnehmen, sagt die Verwalterin, doch da Sie nun hier sind, können sie noch ein wenig drin bleiben. Sie bewegt leicht die Hand, die abstehenden weißen Fäden zittern. Wollten Sie noch nie Schwielen loswerden? Durch jede Schwiele zieht man einen Baumwollfaden, je dicker gezwirnt, desto rascher saugt er das Wasser auf, aber wenn Sie nicht gekommen wären, ich glaube beinahe, ich wäre hier eingenickt. Sie beugt sich vom Traktorsitz zu mir herunter, diese Aufregung gestern! Ich sage, wie eine Entschuldigung, ob sie denn meine Ankunft derart aufgeregt hätte? Sie winkt so heftig mit der Hand ab, daß die weißen

Fäden strahlenartig umherzucken, aber was, sagt die Verwalterin, doch nicht Sie, die Beerdigung natürlich! Von wem denn, sage ich, ist Ihnen das im Dorf nicht mitgeteilt worden, fragt die Verwalterin, ich schüttle den Kopf. Sie stemmt sich gegen die schwarzledernen Rückenwülste des Traktorsitzes, vom Bewässerungsinspektor, sagt sie. Dieser Auflauf hier im Observatorium, Sie können sich das nicht vorstellen, ich habe tatsächlich wieder einmal bereut, diesen Verwaltungsposten überhaupt angenommen zu haben, alle Frauen des Dorfes forderten die sofortige Beerdigung, sie würden den Anblick keine Stunde länger ertragen, dabei hat sie wirklich niemand geheißen, sich geradezu vollzählig im Observatorium zu versammeln. Seit die Toten im neuen Kühlraum des Dorfes aufbewahrt werden, haben sich die großen Totenwachen von früher ganz verloren, aber kaum ergibt sich ein besonderer Sterbeumstand, kommt der Tote zufällig in ein entferntes Haus zu liegen, bricht alles unvermindert wieder auf, vergessen geglaubte Gewohnheiten, begrabene Verhaltensweisen, überlebte Gesten der Klage, alles kehrt vehement zurück, als hätte es nur darauf gewartet, mit hemmungsloser Lust seine Herrschaft von neuem aufzurichten. Die ganze Nacht hielten die Frauen die Totenwache hier, und ihren unverrückbaren Entschluß dazu hatten sie schon in der Dämmerung ausgedrückt, indem sie Wein und Schnaps ins Observatorium heraufschafften, um bis zum Morgen durchzuwachen, und leider war der

Schnapsvorrat beträchtlich, nicht eine der Frauen schlief am Boden ein, alle zusammen sozusagen haben in der Frühe das Schreckliche festgestellt. Was, rufe ich, haben Sie wirklich nichts davon im Dorf gehört, fragt die Verwalterin, aber wovon denn, sage ich. Was daran so entsetzlich sein soll, verstehe ich auch nicht, fährt die Verwalterin fort, sie zuckt abschätzig die Achseln und kontrolliert die weißen Fäden in ihrer Hand, man könnte annehmen, Frauen, die so viele Kinder zur Welt gebracht haben und auf die Welt haben kommen sehen, würden durch einen solchen Anblick nicht derart in Aufruhr versetzt, aber gerade daß es sein Hinterkopf war, glatt, nur noch mit ein wenig Greisenflaum besetzt, also nicht unähnlich einem Kinderkopf, der eben den Mutterschoß verläßt, daß es sein Hinterkopf war, der zwischen den noch nicht geschlossenen Sargdeckeln sichtbar wurde, sich irgendwie immer mehr hervorzwängte, löste dieses Chaos aus, keinen Augenblick länger würden sie das aushalten, auf der Stelle mußten die Männer aus den Rebbergen geholt werden, unter den verschiedenartigsten Androhungen haben die Frauen schließlich die sofortige Beerdigung durchgesetzt. Für morgen erst hatte ich alles vorbereitet, den Wegzug aus dem Observatorium, die Anordnung der Kränze, aber Sie sehen, schon heute liegt das Observatorium wieder so verlassen wie zuvor, und die Fensterläden geschlossen wie seit dem Tag, da sie ging. Wer! frage ich. Ihre Vorgängerin, sagt die Verwalterin.

Ich streiche über das schwarzlederne Kissen des Traktorsitzes, ich will der Verwalterin nicht mehr zuhören. Aber immer noch ist ihr Gesicht zu mir heruntergebeugt. Wie um einen Halt zwischen den von der Verwalterin in die Nacht hinausgeschwemmten Mitteilungen zu finden, schaue ich fest die weißen Fäden ihrer Hand an, meine Vorgängerin, denke ich, mit welchem Recht hat sie hier gewohnt. Die Verwalterin beginnt, die aufgequollenen Fäden aus der Hand zu ziehen, im Dorf hat man übrigens heute morgen schon befürchtet, Sie würden zur Schlucht hinuntergehen, jemand sah Sie den Weg hinter den Nußbäumen einschlagen, erleichtert hat man Ihre baldige Rückkehr festgestellt. Ihr Gang zur Schlucht hätte bestimmt den Zorn des Bewässerungsinspektors erregt, dem er jeweils in einer ungeheuren Zettelflut Luft machte, haben Sie seine Anschläge auf dem Dorfplatz noch nicht gelesen? Meist wimmelte das Anschlagbrett förmlich von Zetteln, der Bewässerungsinspektor liebte es, sich mit unverkennbarer Strenge auszudrücken, obwohl die alten Wasserrechte durch die neuen Bewässerungsanlagen längst hinfällig geworden sind. Aber immer noch sind Prozesse anhängig, die Kämpfe um Tagwasser und Nachtwasser dauern fort, am wenigsten duldete der Bewässerungsinspektor unnötige Gänge zur Schlucht, vor allem das Hinunterwerfen auch noch so kleiner Gegenstände, haben Sie nicht bemerkt, wie vollgespickt das Anschlagbrett mit Klammern ist? Oft konnte man die Menge der Anschläge gar nicht mehr wahrnehmen, regelmäßig wurde der größte Teil einfach heruntergerissen, man merkte sich nur die wichtigsten Warnungen, die Arbeiten in den Rebbergen gingen sowieso voran, die herumfliegenden Zettel wurden von den Kindern in irgendwelche Mauerritzen gestopft oder sofort in Papierdüsenjäger umgewandelt, die noch tagelang in den Nußbäumen steckenblieben. Die Verwalterin hat die ausgezogenen Fäden über das Lenkrad gehängt. Sie baumeln leicht im Nachtwind. Ich laufe den Observatoriumshügel hinunter und hole im Kanalhaus die Taschenlampe. Niemand begegnet mir auf der Straße zum Dorfplatz, der nur schwach beleuchtet ist. Ich knipse die Taschenlampe an und halte sie zum Anschlagbrett hoch. Im Lichtkegel erscheint ein einziger Zettel, betrifft Beteiligung von Grenadieren an der vorverlegten Beerdigung, alle interessierten Personen sind gebeten, sich sofort zur Instruktion über die Handhabung der Karabiner auf dem Friedhofshügel einzufinden, die roten Fräcke sind persönlich mitzubringen, fehlende weiße Beinkleider werden ersetzt, entsprechender Körperbau und Disziplin erwünscht. In der Ferne rauscht die Schlucht. Einer der wenigen auf den Dorfplatz hinausführenden Kellereingänge öffnet sich. Ein Mann kommt heraus, das Gesicht wie geblendet vom Morgen nach einer nächtlichen Reise, und als wollte er sich, noch etwas verloren, in den Tag hineinbewegen, nähert er sich mir. Es ist der Größere, Dicke der beiden Männer, die ich unter den Nußbäumen angetroffen habe. Plötzlich hebt er den Arm, wie zum Schutz vor dem Taschenlampenlicht, oder winkt er mir? Es muß ein Wink, ein unmißverständlicher Wink gewesen sein. Er geht zum Kellereingang zurück, ich folge ihm sofort. Der Dicke schwankt während des Gehens, doch ist er bereits im Dunkel des Kellers verschwunden. Ich richte meinen Taschenlampenstrahl von der Schwelle langsam in die Höhe. Der Boden ist mit kleinen Steinen bedeckt, auf langen Balken werden die Umrisse von Fässern sichtbar, Käselaiber, die in Gestellen von der Decke hängen, umgestülpte Gläser auf langen Holzzapfen. Den Dicken aber sehe ich nirgends mehr. Nur auf einmal eine weitere geöffnete Tür, wieder ein mit Steinen bedeckter Boden, diesmal fast Kies, an den Wänden Fässer, Gestelle, und erneut das Aufgehn einer Tür. Jäh knipse ich die Taschenlampe aus, als könnte ich im Finstern wenigstens das Geräusch der unleugbar sich immer weiter öffnenden Türen deutlicher verfolgen. Aber ein letztes Knarren verliert sich schon in der Ferne. Nur noch Stille ist um mich, und der ganze unverstandene Zusammenhang der unterirdischen Keller.

In den nächsten Tagen erwache ich öfters von einem starken Donnern, als gingen von den Gebirgshängen Lawinen nieder, Helikopter steigen in die Höhe, die Verwalterin steht, eine dünne Silhouette, auf dem Hügel des Observatoriums und hält die Hand über die Augen. Ich habe das Donnern, das in verschiedenen Abständen, manchmal jedoch gleichzeitig von allen Seiten her erfolgt, mit meinem Aufnahmegerät festgehalten, und an dem mir bezeichneten Morgen, da der Metzger aus der Ebene herauffahren soll, beschließe ich ins Dorf zu gehen, um bei dieser Gelegenheit Genaueres darüber zu erfahren. Hinter den Nußbäumen wartet bereits eine Gruppe von Frauen. Das Metzgerfenster ist noch verrammelt, ich möchte aber meine Erkundigungen lieber ganz beiläufig einziehen, vielleicht ergibt es sich während des Fleischhackens, ich mache verschiedene Umwege zwischen den Häusern, bis ich das quietschende Bremsen eines Wagens höre. Der Metzger springt heraus, die Frauen schieben die Holzbretter vor dem Fenster weg, der Metzger beugt sich tief in den Hinterteil des Wagens und zieht ein Blech mit einem beträchtlichen Fleischberg hervor, inzwischen hat man die Tür geöffnet, und der Metzger geht, die Kanten des Blechs mit dem Fleischberg gegen seine gestreifte Schürze gepreßt, hinein. Der kleine gekachelte Raum ist sofort voll. Nicht aus Ermüdung, nur in der Meinung, dort mehr Platz zu haben, lehne ich mich seitlich an die Wand. Der Metzger ist sehr jung. Das Schneiden und Hacken geht mit unerhörter Schnelligkeit vor sich, unruhig wühlt er im Fleischberg, hält ganze Klumpen hoch und läßt sie wieder fallen, dazwischen schickt er mir Blicke zu, eine Art Nachsicht liegt in ihnen, wenn ich nur wüßte, wofür. Aus den Unterhaltungen der Frauen kann ich nichts über die Herkunft des Donnerns erfahren, und da alle mein Stehen an der Wand wie völlig gewohnt hinnehmen, selbst der Metzger mit keinem Wort nach mir fragt, wage ich mich überhaupt nicht mehr einzumischen. Der kleine Anbau leert sich, unter den letzten Frauen wartet die Verwalterin, sie nickt mir zu und geht an mir vorbei zum Metzgertisch, sie findet es offenbar ebenfalls ganz natürlich, daß ich nicht bedient werde. Nur noch die weiße Waage blitzt im Raum. Der Metzger schichtet das übriggebliebene Fleisch auf dem Blech zusammen, er will es in den Wagen hinaustragen, gehen Sie schon, frage ich, was sonst, lacht der Metzger, Sie haben mir gar nichts verkauft, sage ich. Der Metzger hält überrascht inne und drückt das Blech fester gegen seine gestreifte Schürze. Ihre Vorgängerin hat nie Fleisch gekauft, sagt er, ich will aber Trockenfleisch, unterbreche ich ihn. Ausgerechnet Trokkenfleisch! ruft der Metzger. Nervös stellt er das Blech auf den Tisch zurück. Er fährt mit der Hand durch seinen kurzen Haarschopf, den Anblick von Trockenfleisch hat Ihre Vorgängerin am wenigsten ertragen, nur wegen ihr stellte ich es immer möglichst weit weg von der Wand, was! sage ich, meine Vorgängerin hat auch an der Wand gewartet? Wie Sie, sagt der Metzger, aber ein Warten kann man das nicht nennen. Wahrscheinlich wollte sie nur unter Leuten sein, seit jenem Wintermorgen, als sie tränenüberströmt hier hereinstürzte und rief, es gibt keine Zuflucht mehr! keine! nirgends! seit jenem Morgen kam sie öfters und lehnte sich einfach nur mitten unter den Leuten an die weißen Kacheln, es schien sie zu beruhigen. Aber das Trockenfleisch stelle ich seither immer möglichst weit weg von der Wand, auch heute, wie Sie bemerkt haben, ich wollte ihr Entsetzen beim Anblick des Trockenfleischs nicht nochmals heraufbeschwören, räumen Sie es weg! sofort! ich kann es nicht mehr sehen! rief sie, dabei umklammerte sie derart das große Stück Trockenfleisch, daß ich es ihr nur mit Mühe entwinden konnte, beständig, während der unerwartetsten Augenblicke, schluchzte sie, hat er in den Hosensack gegriffen und sein Restchen Trockenfleisch hervorgeholt! Alle Frauen hier vermuteten im selben Moment, daß es sich nur um den Bewässerungsinspektor handeln konnte, denn wie ich noch damit beschäftigt bin, ihr das Stück Trockenfleisch zu entreißen, sehen die Frauen durch das Fenster den Bewässerungsinspektor den gefrorenen Weg vom Observatorium herabeilen, mit allen Anzeichen der Flucht, in den weißen langen Unterhosen, zwischen Stolpern und Ausrutschen verschwindet er in den Rebbergen flußabwärts, von seinen gewohnten ausladenden Winterhosen keine Spur, nein, nur in den langen weißen Unterhosen! Und ich, plötzlich unsicher darüber, welcher Anblick für Ihre Vorgängerin schreckenerregender sein könnte, das große Stück Trockenfleisch oder

der flüchtende Alte in seinen langen Unterhosen, kämpfe nur scheinbar mit ihr, halb lasse ich ihr das Trockenfleisch, halb zerre ich es an mich, dann wenden die Frauen langsam die Köpfe vom Fenster weg, der Bewässerungsinspektor muß außer Sichtweite sein, mit Festigkeit werfe ich das Stück Trokkenfleisch auf den Tisch, Ihre Vorgängerin preßt das Gesicht gegen die weißen Kacheln. Erst lange Zeit danach, als ich wieder einmal ein Stück Trokkenfleisch auf die Waage warf, drehte sie sich nicht mehr zur Wand, jetzt endlich gibt er Ruhe in mir, sagte sie, heute nacht sah ich ihn tot, aber wie weit muß dieser Tod schon zurückliegen, er lag so tief in der Erde eingegraben, daß nur noch sein versinkendes Gesicht zu sehen war, auch war es gar nicht mehr wirklich sein Gesicht, es wirkte wie versteinert, doch seine Augen! aus seinen Augen sprang, wie soll ich Ihnen das sagen? Ihre Vorgängerin streckte mir die Hand entgegen, ich weiß nicht, sehe ich Sie wieder, sagte sie, ich gehe morgen auf eine große Reise. Der Metzger beugt sich mit dem Fleischblech in den hinteren Teil des Wagens, knallt die Türen zu und schaut mich vom Steuerrad aus nochmals an. Er drückt aufs Gas, ich rufe, woher kommt dieses Donnern in der Frühe, dieses Donnern von überall her? Der Wagen fährt los. Der Metzger läßt rasch das Fenster herunter, die Frühlingsbomben! ganze Patrouillen sind mit Handgranaten aufgebrochen! Helikopter bombardieren alle unzugänglichen Schneehänge! wenn schon Lawinen, dann überwachte, wollen wir nicht auch eine kleinere zusammen auslösen?

Der Wagen des Metzgers zieht eine Staubwolke mit sich in die Ebene hinunter. Ich habe bereits so viele Aufnahmen gemacht, daß ich daran denken kann, die ersten Kassetten im Aluminiumwerk abzuliefern. Unverhoffte Wärme ist eingefallen. Bei Tagesanbruch eilen die Bauern in die Rebberge hinaus, Traktoren verlassen mit Düngersäcken das Dorf, am Mittag dringt der Geruch bis in die Häuser herein. Einzelne der gelben Düngersäcke bleiben an den Wegrändern liegen, prall gefüllt, mit schwarzen Buchstaben die Giftklasse vermerkt. Die pyramidenförmig aufgeschichteten Traubentrester werden zwischen den Rebzeilen verzettelt, bis in den Abend hinein hört man das Einschlagen der Eisenstecken, die Staudenbündel brennen, überall steigen Rauchsäulen gegen den Himmel. Noch lange lecken unruhige rote Feuer die Dunkelheit. Oft werden die Stauden schon bei Tag angezündet, obwohl starker Wind geht, so daß die restlichen Bündel mit Granitplatten beschwert werden müssen. Die Feuer bleiben sich selbst überlassen, schwelen, lodern auf, niemand ist zugegen, hinter riesigen bewegten Rauchvorhängen verschwinden der Horizont, die Hügel, das Dorf. In einer vom Wind aufgerissenen Öffnung sehe ich die Verwalterin einen grellen Kleiderhaufen vom Observatorium herabtragen, mit einer heftigen Geste wirft sie ihn ins nächste Feuer, das sofort hoch aufflackert. Orange leuchtende Fetzen treiben aus den Flammen, der Rauch hebt sich plötzlich über der ganzen Gegend. Kinder springen hinter dem Feuer hervor, zupfen angesengte Kleiderteile aus dem Haufen, lange weiße Ärmel, die sie waagrecht in der Luft flattern und glühen lassen, die Verwalterin wendet mit einer Heugabel die nun lichterloh brennenden Kleider. Eines der Kinder hockt am Wegrand, bei meinem Näherkommen zieht es einen hellroten Eisstengel, in Form eines Fußes, aus dem Mund und deutet gegen das Feuer, in diesen Kleidern, sagt es, haben wir ihn gefunden! Die ausgestreckten Eiszehen tropfen, wen, frage ich, die Verwalterin stößt die Heugabel in die Erde, den Bewässerungsinspektor, sagt sie, wen sonst. Die andern Kinder nähern sich, mit glitzernden Silberfäden behangen, die sie aus den bestickten Kleiderteilen herausgezogen haben, das Kind mit dem fußförmigen Eis sagt, wir haben ihn gleich entdeckt, er war noch gar nicht richtig tot, nicht wahr, wendet es sich zu einem kleineren Kind, dieses nickt, ich habe seine Wange berührt, sie war noch warm. Er war ganz schmutzig, sagt das Kind mit dem hellroten Eisfuß zur Verwalterin, aber er war ein schöner chinesischer Kaiser, Sie hätten seine Kleider nicht verbrennen dürfen. Die Verwalterin stochert mit der Heugabel in der Glut, geht nach Hause, sagt sie zu den Kindern, aber die Kinder rühren sich nicht. Betrunken war er, ruft sie, betrunken! Sie fährt mit der Hand durch ihr krauses Haar, daß er sich ausgerechnet diesen Ort zum Sterben aussuchen mußte! Ihre Vorgängerin war doch schon längst abgereist, er hätte es wissen müssen, aber nein, in der größten Mittagshitze hastet er die beschwerliche Abkürzung zwischen den Rebbergen herauf, dazu in dieser unmöglichen Verkleidung, jeder gesunde Mann wäre unter einer solchen Last zusammengebrochen, also erst recht der Bewässerungsinspektor, mit seinem kurzen Atem, den hohen Jahren, bestimmt hat er wie wahnwitzig an die Tür des Observatoriums gehämmert, das haben die Kinder von weitem gehört, auf der Schwelle haben sie ihn gefunden, badend in seinem Schweiß, auf der Schwelle, wo Ihre Vorgängerin oft gesessen hat, entweder ist er schon auf dem Weg unzählige Male hingestürzt, oder er hat sich vor dem Observatorium auf der Erde gewälzt, der orangene Seidenmantel starrte vor Schmutz. Das Kind mit dem fußförmigen Eis sagt, aber er war ein schöner chinesischer Kaiser, erinnern Sie sich, wie der Papierlöwe am Musikfest nicht aufhörte zu galoppieren? Eine Schande, ruft die Verwalterin, geht nach Hause! Eine Schande!

Eines Morgens sind alle Staudenbündel verbrannt. Nur noch das Observatorium steht rot im Himmel. Manchmal sehe ich auf der Schwelle einen Kleiderhaufen schillern, höre Fäuste gegen die Tür hämmern, der alte Mann in der prunkvollen Verkleidung atmet schwer, naß vor Schweiß, er wischt sich mit den langen weißen Ärmeln die Stirn, dabei ist sein Gesicht nicht erhitzt, sondern von gespenstisch zarter Blässe, wie sie nur große Erschöpfung hervorruft, doch in den dunklen Augen flackert der Hunger, ungebändigter Hunger. Noch einmal das Brennen in ihr zu berühren, verlorene Verheißungen, ein letztes Mal! Er stürzt an der Schwelle nieder, er ächzt, er röchelt, in seine Nasenlöcher dringt feuchte Erde. Die Fensterläden des Observatoriums sind seit Monaten geschlossen. Nur eine Querleiste steht sperrig offen, als hätte jemand eine Hand durchgeschoben. Ich aber denke an meine Aufnahmen, an nichts anderes als an sie, an die mögliche Beschaffenheit der Musik. Eine Musik, die so bedingungslos durch alle Natur und jedes ihrer vergewaltigten Elemente hindurchgegangen wäre, daß sie mit dem Brausen im Weltinnern eins werden könnte. Das Einhämmern der Eisenstecken ist davon nicht getrennt, nicht das Knattern der Hackmaschinen, nicht das Donnern der vorzeitig ausgelösten Lawinen. Alles verwandelt sich ununterbrochen, herabstürzend durch die Sphären, und kehrt in nie gehörten Klängen wieder. Ich gehe den Weg hinunter in die Ebene, ich wiederhole eine alte Bewegung, das Fortwandern aus dem Dorf, die Augen geblendet vom Fluß. An den tiefliegenden Rebhängen wird bereits gespritzt. Dichte Sprühvorhänge wehen über den Weg, meist wird mit Tanks gearbeitet, manchmal noch mit dem Kanister auf dem Rücken. Jemand mit einer Mundbinde aus weißer

Gaze springt mir entgegen, ich drücke mich gegen ein Steinmäuerchen, eine gelbe Wolke zischt über uns hinweg. Ich starre auf die weiße Mundbinde, zwei dunkle Augen wenden sich ab. Das Rauschen des Flusses ist jetzt schon hörbar. Vor der Brücke, eine Eisenkonstruktion, soll ich im Foyer des Aluminiumwerks die Kassetten abgeben. Das Foyer ist ein langgezogener Bau, mit einer Granitsteinfassade und einem von Säulen flankierten Eingang, ich gehe die Stufen hoch und klingle, man will mir die Kassetten sofort abnehmen. Ich komme, um sie zu überspielen, sage ich, direkt zu überspielen, die Kassetten möchte ich behalten. Darauf war man offensichtlich nicht gefaßt. Ich muß, an einem niedrigen Tischchen im Gang, mehrere Papiere ausfüllen, in einem Nebenzimmer werde ich gefragt, seit wann sind Sie vom Aluminiumwerk angestellt, woher kommen Sie, auch eine Umschreibung meiner Arbeit muß ich abgeben, zerstreute Blicke werden auf mich gerichtet, Sie sind, dies auf jeden Fall, nicht von hier. Endlich hat man eine für mich zuständige Person gefunden. Man bittet mich zum Überspielen in die Pergola hinaus, ist es denn da nicht zu laut, wende ich ein, warum nicht im Foyer, mit entschiedener Handbewegung wehrt man ab, nein! kommen Sie. Ein Arbeiter aus dem südlichen Nachbarland geht mir voran, er sagt, er habe eine Leidenschaft für alles, was mit Tonbändern zusammenhinge, ganze Abende würde er damit verbringen, vielleicht könne er tatsächlich bei der Mischung meiner Aufnahmen für die Jubiläumsplatte dabeisein. Er lädt mich ein, in der Pergola hinter dem Foyer Platz zu nehmen. Da sie überhaupt noch nicht bewachsen ist, geht der Blick frei in die Ebene, auf eine kaum mehr überschaubare Apfelplantage hinaus. Ich habe gehört, sagt der Arbeiter, Ihre Naturaufnahmen sollen nicht nur für die Mischung der Jubiläumsplatte benützt werden, sondern auch als Stimulierungskulisse in der Kantine, oder in bestimmten Werkhallen, wie! rufe ich, er lacht, das wissen Sie nicht? Hinter einem Fenster des Foyers ist jemand seitwärts zurückgetreten. Ich sehe aber die Gestalt deutlich dort verharren, ich beginne, die Kassetten zu überspielen. Später streckt der Arbeiter den Arm gegen die Apfelplantage aus, tadelloses Obst, eine robuste Sorte, nicht wahr, nur keine Aprikosen mehr, nein, nur das nicht, vor allem keine empfindlichen Aprikosen, man will den Fluorkrieg hier gründlich vergessen, er neigt sich, wie zuvorkommend, gegen mich, Ihre Jubiläumsplatte wird die Krönung sein! Warum wollen Sie die Kassetten behalten, fügt er leise hinzu, zur Kontrolle? Er zieht die Augenbrauen zusammen und erhebt sich. Schon unter der Tür des Foyers winkt er kurz zum Abschied. Ich bleibe in der Pergola sitzen, jenseits des Flusses geht langsam das Tor einer Werkhalle hoch, Arbeiter in orangenen Schutzanzügen verschwinden im Dunkeln. Teerdämpfe verhüllen die Sicht, die Gestalt am Fenster ist weg. Endlich verlasse ich die Pergola, laufe auf die Mitte der Brücke zu, ich beuge mich über das Eisengeländer, die Strömung ist schnell. Das Brausen des Flusses berauscht mich, keine Spuren hinterlassen, denke ich, keine! Nur eine Musik, deren Entstehung unwiederholbar ist, und deren Ende mir nicht mehr gehört. Mit einer unmerklichen Bewegung lasse ich die Kassetten fallen, ich höre das Aufplatschen, als ich fast die andere Uferseite erreicht habe. In gerader Richtung verläuft die Straße bis zu den letzten Häusern, turmartige Steinhäuser, deren Rosatöne düster verblassen. Die Häuser stehen abgeschrägt zur Straße, in einer Linie mit den schroffen Felsen über ihnen dem Paß zugewandt, als verließen ihre Bewohner in der Dämmerung nicht für die Nachtschicht des Aluminiumwerks Betten und Türen, sondern wie vor Jahrhunderten für eine verbotene Wanderung über die Paßhöhe. Nur noch ein einziges Haus verdeckt jetzt den Blick auf die zerklüftete Grenzgegend. Dann biegt die Straße jäh ab, die rostigen Entlüftungsrohre des Aluminiumwerks starren mir entgegen, ich stehe auf dem Friedhof, der ohne Übergang in das Werkareal hineingebaut ist. Den Grabreihen wie ein Denkmal übergeordnet, erhebt sich ein grell leuchtender Hügel von Plastikblumen, Schleifen, Kränzen. Eine Frau mit auffälligen Ohrringen rückt etwas an dem Grabhügel zurecht. Sie hebt die Schleifen auf und schüttelt den Kopf, sehen Sie, sagt sie zu mir, wie das alles verlottert, es fehlen verschiedene Buchstaben, die Plastikblumen sind schwarz von den Abgasen, und kein

Weihwasser natürlich, alles vertrocknet, und die gesamte Anordnung der Kränze verrutscht, es war mir doch schon von der Küche aus, als sei alles durcheinander! Sie richtet sich mühsam hoch. Wissen Sie, sagt sie, ich sehe das Grab von meinem Küchentisch aus, wer hätte gedacht, daß er einmal direkt zu mir in die Küche hereinschauen würde, er war ein so geselliger Mann! Wenn er sich nur mit dieser Verkleidungsgeschichte nicht alles verdorben hätte! Ein derart aufgelöster Leichenzug ist schon lange nicht mehr vom Dorf heruntergekommen, die Männer verschwanden alle unterwegs in irgendwelchen Weinkellern, nur noch ein paar Frauen liefen hinter dem Traktor mit dem Sarg her, eine Schar ausgelassener Kinder sprang voraus und rief mitten auf der Brücke, der chinesische Kaiser ist tot! der chinesische Kaiser ist tot! Und ich hätte so gern wieder einmal die Grenadiere gesehen, die roten Fräcke, den lautlosen Schritt! Es muß sich um das Grab des Bewässerungsinspektors handeln. Ich will die bedruckten Schleifen lesen, bringe aber keine ganze Inschrift mehr zusammen. Die Frau wischt mit dem Kiefernwedel das kleine Weihwasserbecken aus, waren Sie damals auch dabei, am Musikfest? An welchem Musikfest, frage ich, aber die Frau hat plötzlich mit Wischen aufgehört. Sie fixiert die Rohre und Leitungen des Aluminiumwerks, ich meine, sagt sie, ich wollte nicht mehr davon reden, wenn er es bei dem Vorfall belassen hätte, aber daß er diese Verkleidung überhaupt nicht mehr ausgezogen hat, daß er mit diesen wippenden Federhörnern bis in die Werkhallen vorgedrungen ist! Von der Kantine ganz zu schweigen, wie kann man überhaupt essen mit diesen viel zu langen weißen Ärmeln, alles hat er verkleckert, im Foyer hat er sich vollaufen lassen, er! betrunken im Foyer! Bleibt da auch nur eine seiner früheren Attacken gegen das Aluminiumwerk glaubwürdig? Nein, er hat es sich hier gründlich verdorben. Wer hätte vermutet, daß er allein durch das Anziehen einer lächerlichen Verkleidung seinen Charakter grundlegend ändern würde! War er denn nun überhaupt je ein Rebell gewesen? Oder schon immer ein Diktator?!

Die Frau mit den Ohrringen wendet sich gegen ihr offenes Küchenfenster, als wollte sie sich der Aussicht vergewissern, in deren Genuß der Bewässerungsinspektor durch den Standort seines Grabhügels gekommen ist. An den turmartigen Steinhäusern vorbei gehe ich wieder auf die Brücke zu. Aber warum nimmt sie kein Ende, trägt sie mich nicht mehr über den Fluß? Das Wasser ist ausgeronnen in die dunkelblauen Himmelsränder, durchsichtige Baumreihen erheben sich auf beiden Seiten, in der Ferne röten sich die Westberge, karg, unberührbar, wie die nie aufgebrochenen Kaisergräber. Doch die erste Wahrnehmung sind die in der Hocke kauernden Menschen, zahllos in der Abenddämmerung, und noch weiß ich nicht, daß viel später, in der stummen Hilflosigkeit des Abschieds, es zum letzten und unwillkürlichsten Zeichen der Verbundenheit werden wird, ebenso rasch wie du am Straßenrand niederzukauern, meinen Ellbogen ganz nah dem deinen, das Gesicht in die gleiche Richtung gewandt, nur als ein Windstoß mein weites Sommerkleid aufwirbelt, blitzt in deinen Augenwinkeln ein Lächeln, wie über einen durchaus vertrauten und doch durch irgend etwas Fremdes merkwürdig veränderten Anblick. Aber ich bin erst angekommen, endlich, hinter der Hauptstadt versinkt das Licht. Haben sich die Teeblätter in der Tasse bewegt? Dieses plötzliche Rauschen, wie die Klimaanlage im fünfzehnten Stock! Durch das schräggestellte Fenster zuckt ein gelber Schein, momentweise wird die Silhouette der Westberge erleuchtet, schwarze Wolkenbänke fahren herauf. Oder ist es das Schwarz deiner Augen, in denen sich vergangene Jahrhunderte, Nacht für Nacht, von neuem die Hauptstadt erobern? Kurz nach Mitternacht beginnt das Trotten der Lasttiere auf der breiten Avenue, das Ächzen der Karren vom Land, beladen mit Kohl, Süßkartoffeln, Melonen, gegen die Frühe das Klingeln von Fahrrädern wie ein Schwarm eiliger Fische, und erst mit Anbruch des Tags wieder vereinzeltes Hupen, das gewohnte Rollen von Wagen. In deinen Augen brennt der Rest der ganzen unbegriffenen Finsternis der Welt. Jeden Morgen schwillt auf irgendeinem Kontinent die Sintflut an. Aber wo ist der Herrscher, der nicht

Mauern baute, welche die Flut blockierten, sondern Dämme, welche die Flut zum Meer begleiteten, zum Meer! Im fünfzehnten Stock rauscht die Klimaanlage. Aber der Sessel neben der Teetasse ist leer. Als im Morgengrauen die Linie der Westberge zu glühen begann, bist du gegangen, an der Tür hast du dich nochmals umgedreht, du schließt nicht ab? Bitte, schließ hier ab! Du streifst mich mit einem kurzen Blick, wie eine zarte Warnung ausdrückend, halb schon auf dem Gang rufst du ein Abschiedswort. Staubschleier wehen über die Avenue bis zum fünfzehnten Stock herauf. Weit entfernt von der Hauptstadt, unter einem schon südlichen Himmel, schläft die Sintflut gebannt in einen unterirdischen See. Du stehst auf dem Bootsrand und fährst in die Höhle zurück, ich kann den Arm nicht heben, nicht zum letzten Mal winken, jeder Blick ist schon Verrat. Aber bist du es wirklich? Es ist ein halbwüchsiges Mädchen, in hellblauen Plastikschuhen, das lautlos auf dem unterirdischen See verschwindet. Es hat seine Taschenlampe ausgeknipst, die Taschenlampe, mit der es plötzlich irgendwelche Felspartien bestrahlt hat, sehen Sie dort! der Affe! ist es nicht, als würde er sich erschrocken über sein Spiegelbild im Wasser beugen? Dann ist es wieder ein wenig weiter gerudert, doch mit kleinen unauffälligen Bewegungen und bereits erhobener Taschenlampe, als müßte man vom Rudern ganz abgelenkt und nur wechselweise vom Dahingleiten auf dem Wasser und dem jähen Auftauchen merkwürdiger

Tiere an den Höhlenwänden in Anspruch genommen werden, da! ein Drache im Flug! ruft es, und hier! eine schlafende Grille! sieht man nicht tatsächlich, leicht aufgestellt, die glasartigen Flügel?! Aber vielleicht war ich nie im Süden, denn wo du nicht gewesen bist, war ich nicht wirklich. Nur ein Teil meines äußeren Lebens sah dort den versteinerten Affen, den Drachen im Flug, die Grille, zuinnerst bin ich immer in der Hauptstadt geblieben. Ich höre noch das kurze Aufklatschen der Ruder, die hellblauen Plastikschuhe verschwinden im Dunkeln, dann nichts mehr, nicht einmal ein Glucksen, denn der Wasserstand ist niedrig, kaum eine Hand hoch. Ich bin durch die Rebberge heraufgelaufen und stehe vor dem ungedeckten kleinen Kanal.

Unter den Nußbäumen sind die beiden Männer damit beschäftigt, Schiefer zu zerschlagen, mehrere Platten lehnen noch an den Stämmen. Sie blicken überhaupt nicht auf, als ich bei ihnen stehenbleibe, langsam werden meine Schuhe bläulich vom Schieferstaub. Da hält der Kleinere, Dünne, inne, er schaut gegen das Observatorium auf dem Hügel und sagt, bei der Verwalterin beginnt es zu grünen! Der Hügel ist beschienen vom Morgenlicht, zwischen den Rebzeilen, kaum wahrnehmbar, ein Flaum, schimmert es grün. Der Größere blickt ebenfalls kurz zum Observatorium hoch, sein rot angelaufenes Gesicht glänzt vor Schweiß, so, sagt er, und mir wird nicht klar, ist sein Unterton bedrohlich oder nicht, liefern Sie ihr auch Kaffeesatz? Der Kleinere kneift ein Auge zu, Sie waren ja damals nicht in der Hall Populaire, da haben Sie etwas verpaßt! Aber mit der Vergiftungsgeschichte hat Sie die Verwalterin sicher bereits bekanntgemacht? Die beiden grinsen. Nicht?! Sie werden bald in den Genuß kommen! Was war denn in der Hall Populaire, frage ich, der Kleinere zerschlägt mit Wucht eine Schieferplatte. Eine unserer Versammlungen, sagt er, eine Abstimmung über Spezialanzüge und Atemschutzgeräte zur Zeit des Spritzens, und plötzlich steht die Verwalterin auf ihrem Stuhl, ruft, hat jemand Lust auf noch mehr Massenvernichtungsmittel? Hier! Während eines Jahres gesammelt, der entfesselte Giftkrieg! Gegen Mehltau! Gegen Rebläuse! Gegen die rote Spinne! Und von ihrem Stuhl läßt die Verwalterin einen wahren Platzregen von Reklamen auf die Versammlung niedergehen. Jemand sagt etwas von Sicherheit, die Verwalterin ruft, ich pfeife auf eure Sicherheit, erkauft mit Gift! Man wolle doch nicht wieder mit dem Unkraut anfangen, schreien andere, die Verwalterin wendet sich an den ganzen Saal, Unkraut?! es gibt kein Unkraut! es gibt nur verschiedenste Gräser, die pünktlich die Beschaffenheit des Bodens anzeigen, Unterschlupf für Hunderte von Käfern, welche gründlicher als alle eure Gifte die Eier der roten Spinne fressen, aber nein! lieber zehn Spritzgänge hintereinander, lieber alles Gras versengen, wollt ihr wissen, wie es mir in der Nacht des letzten Musikfests ergangen ist? Natürlich hat die ganze Versammlung protestiert, nein! nur das nicht! Jeder im Dorf kennt die Vergiftungsgeschichte auswendig, die Verwalterin wollte sie aber unbedingt nochmals zum besten geben, endlich gelang es, sie vom Stuhl herunterzubringen, hat sie Ihnen diese Geschichte wirklich noch nicht erzählt? Sehr ungewöhnlich! Aber nun hat sie ihren Unkrauthügel! Seit wann verwaltet sie denn das Observatorium, frage ich, der Größere, Dicke, betrachtet mich aufmerksam, seit Ihre Vorgängerin verreist ist. Die beiden Männer beginnen, die Schieferplatten unter den Nußbäumen anders zu ordnen, obwohl sie doch die Platten gleich zerschlagen werden. Wo ist hier der Friedhof, frage ich, der Dicke hebt seinen Kopf, unser Tanzplatz? Sie suchen unseren Tanzplatz! Er setzt sich auf ein paar übereinandergeschichtete Schieferplatten. Wie, rufe ich, sind denn dort keine Gräber? Ein paar sind vielleicht noch da, sagt er und schaut wie durch mich hindurch gegen die bewaldete Hügelkuppe über dem Dorf, in den Erdboden gestampft vom Tanzen! Wir werden nun alle unten im Aluminiumwerk begraben, früher war das eine Ehre, man riß sich sogar darum, aber dann setzte die Gegenbewegung ein, auf einmal wollten die Leute ihre sämtlichen Verwandten wieder hier heraufbringen, dieses Hin und Her der Gräber! Irgendein Beschluß hat allem ein Ende gemacht, jetzt finden Sie keinen einzigen Grabstein mehr auf dem Hügel, aber es will auch keiner mehr von uns ins Aluminiumwerk hinuntergetragen werden, er grinst, darum werden wir so alt hier! Sie waren wirklich noch nie auf unserem Friedhofshügel? Getanzt wurde da schon immer, früher auch Gericht gehalten, beurkundet, versteigert. Getanzt wurde übrigens auch im Kanalhaus, mischt sich der Kleinere ein, haben Sie noch nie nachts Schritte gehört? Leider ließ der Bewässerungsinspektor den Tanzboden herausreißen! Sie hätten sonst wärmer als jetzt auf den bloßen Steinplatten, aber seit der Bewässerungsinspektor am letzten Fastenball zum erstenmal sitzenblieb, hatte er etwas gegen das Tanzen, eines Morgens fanden wir den Tanzboden herausgerissen, dabei war hier immer der einzige Fastenball weit und breit, der Fastenball unseres Dorfes war berühmt! Die Hitze im Kanalhaus, der Dampf von heißem Wein, das Gewühl verschwitzter Paare, und draußen Glatteis, Schlägereien, da ist mancher, das Gesicht voran, mit den genagelten Schuhen in den Schnee hinausgeflogen, aber warum gehen Sie nicht hinauf, er zeigt mit dem Kopf auf die bewaldete Hügelkuppe, heute, bei dieser klaren Sicht?

Ich habe im Kanalhaus das Aufnahmegerät geholt. Noch nie hielt ich das Streichen der Luft durch die Kiefern fest, das Knacken der Wärme in der schuppigen Rinde, das Knistern von trockenem Gras. Je höher ich den Friedhofshügel hinaufsteige, desto ausgefranster wirkt das Gebirge. Überall, hinter den obersten Rändern, tauchen Hochhäuser empor, Aufenthalt der Fremden, für ein paar kurze Tage im Jahr. Monumentalen verkohlten Baumstämmen ähnlich, die der Sturm der Jahrhunderte hinterlassen hat, ragen sie in den glänzenden Horizont. Vor meinen Augen aber rühren sich die Nadeln der Kiefern kaum. Die Aufnahmen werden weniger als ein Wehen wiedergeben, unhörbar beinahe, wie das Kreisen der Erde. Doch ich will Fuß fassen, wo die Stille alles durchzittert. Mit wilder Freude drücke ich mich ins gelbe Gras, niemand fragt hier, wo ich herkomme. Die Kiefern berühren den Himmel, da und dort sitzt auf den Ästen ein kugelförmiger Strauch, hellgrüne, lederige Blätter, die Kiefern sind voller Misteln. Plötzlich springen hinter den Stämmen, wie ein losgelassener Schwarm, kleine Papierlöwen hervor, zerkratzte Kinderbeine werden darunter sichtbar, und auch die furchterregend erhobenen Pranken sind nichts anderes als bemalte kleine Fäuste. Sei es aus Schreck über meine Entdeckung oder aus einem andern unerfindlichen Grund, jedenfalls lassen die Papierlöwen nicht das geringste Fauchen hören, sie machen nur ein paar Sprünge um mich herum und verschwinden lautlos, wie ein Geisterrudel, den Hügel hinunter. Auf der Kuppe angekommen, bin ich überrascht, eine so große Lichtung vorzufinden. Gegen das Dorf hinunter öffnet sie sich, am Rand steht das Gerüst für eine Bühne, eben scheinen die

Arbeiten in vollem Gang verlassen worden zu sein, frische Sägespäne liegen im Gras. Ich lege mich unter den Kiefern auf die durchwärmte Erde. Da rückt das von hier aus sehr klein erscheinende rote Observatorium genau hinter die Bühnenfläche, wie eine gemalte Kulisse. Aus der Schlucht hinter den Rebbergen rauscht das Wasser, in dieser Höhe noch deutlicher vernehmbar. Irgendwelche Töne, wie im Kampf mit dem Wasserrauschen begriffen, bald nackt daraus hervortretend, dann wieder davon überspült, dringen herauf, herüber, doch jetzt steigen sie triumphierend, grell in den Frühlingshimmel, ich schnelle vom Boden hoch, das kleine rote Observatorium kippt hinter die Bühne, ein Akkordeon! unleugbar ein Akkordeon! Ich renne an den Rand der Lichtung, schaue über die Rebberge gegen die Schlucht hinab, aber die Töne sind verstummt. Nur die hintereinandergetürmten Felsformationen wirken schärfer in der durchsichtigen Luft. Die Misteln auf den Kiefern umklammern Ast für Ast, haften unlösbar an der Rinde, fressen sich in den blauen Himmel. Gegen Mittag schüttelt der Sturm die kugelförmigen Sträucher. Das Observatorium leuchtet rot hinter der Bühne. Der Traktor ist von hier aus nicht zu sehen, er steht wohl wie immer auf der dorfabgewandten Seite, offensichtlich benützt ihn die Verwalterin doch nur als abendlichen Sitzplatz. Wollte ich sie nicht heute noch aufsuchen?

Lange Fäden baumeln vom Lenkrad des Traktors. Sie scheinen aber nicht weiß im hellen Abend, sie wirken matter, gleichzeitig auch bunter, die Verwalterin läßt rasch etwas verschwinden. Sie hält die rechte Hand hoch, aber nur zum Gruß, keine Fäden stehen zitternd von den Schwielen ab. Es sieht verdächtig danach aus, als wolle sie mit der erhobenen Hand nur ablenken, tatsächlich kann ich keine Spur von dem Gegenstand entdecken, mit dem sie sich eben beschäftigt haben muß, selbst die Fäden hat sie alle irgendwohin weggewischt. Ich stelle eine alte Pfanne mit Kaffeesatz auf den Traktorsitz. Die Verwalterin zieht erfreut die Augenbrauen hoch, sie beugt den Kopf tief in die Pfanne, wie um sich zu überzeugen, daß es sich wirklich um Kaffeesatz handle, sie schaut mich streng an, Sie trinken aber nicht nur Kaffee, essen Sie auch? Ich möchte dieses Abmagern nicht noch einmal mit ansehen! Zusehends dünner wurde Ihre Vorgängerin, besonders wenn sie in einem ihrer weiten leichten Sommerkleider durchs Dorf lief und der Mittagswind ihr das Kleid an den Rücken klebte, erschrak man, wie ihr die Knochen, die Schulterblätter, herausstanden! Ob, und wo Ihre Vorgängerin überhaupt aß, war uns nicht bekannt, auch wenn sie manchmal in der Metzgerei anzutreffen war, kaufte sie dort nie etwas, selbst am Musikfest rührte sie das spendierte Trockenfleisch nicht an, als wollte sie ein ihr unannehmbares Leben, eine Herrschaft verweigern, aber wer beherrschte sie denn hier? In der Nacht des Musikfests haben Sie sich vergiftet, frage ich zerstreut, oder nicht? Wie, ruft die Verwalterin, hat man Ihnen das im Dorf noch nicht erzählt! Geradezu empört wendet sie sich ab, als wolle sie den eben versteckten Gegenstand wieder hervorholen, dann hält sie inne. Wenn man bedenkt, sagt sie heftig, daß vor nicht einmal hundert Jahren das Spritzen staatlich verordnet werden mußte, verordnet! Damals widersetzten sich alle der Spritzerei, jeder, aus dem hartnäckig verwurzelten Vorurteil heraus, daß alles Neue für die Verhältnisse hier unpassend sei, man glaubte, mit den alten erprobten Brühen auch die aus Übersee eingeschleppten Krankheiten bekämpfen zu können, doch das Abbrennen der Rebberge wurde zu einer Katastrophe, dieses schließlich von den Behörden mit Gewalt aufgezwungene Abbrennen der verseuchten Rebberge. Die Verwalterin schweigt. Sie streckt die Hand aus, da standen wir als Kinder, auf dem Observatoriumshügel, und alles ringsum in Flammen, die Arbeit von Jahrzehnten zugrunde gerichtet, die Rebblätter trieben als Asche herauf, die Kleineren von uns schrien vor Begeisterung, verstanden die finsteren Gesichter der Männer nicht, die zornigen Stimmen der Frauen, welche die glutheißen Köpfe von uns Kindern gegen ihre Röcke drückten und zum Verstummen brachten. Die Verwalterin horcht in die Rebberge hinaus. Wer spielt denn, frage ich, in dieser Gegend Akkordeon? Die Verwalterin schaut mich an. Von ihren dunklen Augen, geweitet und intensiver vor dem Nachthimmel, geht ein Sog aus, der mich unaufhaltsam in Bereiche zieht, die zu betreten ich nicht gewillt war. Der größte Spieler, sagt die Verwalterin, war der Bewässerungsinspektor, er war zwar äußerst unmusikalisch, dafür übte er um so hartnäckiger, bei gutem Wind hörte man jeden Ton, das Akkordeon mußte allerdings einen ziemlichen Schaden haben, eine bestimmte Tonfolge endete immer derart jämmerlich, als fiele das ganze Akkordeon auseinander, ein Ziehen, Ächzen, ein wildes Herumdrücken auf irgendwelchen Knöpfen, der Bewässerungsinspektor muß das Instrument ordentlich malträtiert haben. Trotzdem liebte er es verzweifelt, bei jedem Musikfest wollte er unbedingt ein Solo auf der Bühne zum besten geben, meist hörte er dann überhaupt nicht mehr auf, bis die Kinder sich mit Brotkügelchen die Ohren zustopften, ihn an den Füßen kitzelten, oder die Bühne von der nächsten Darbietung kurzweg erstürmt werden mußte, ist das Gerüst für die Bühne übrigens schon fertig? Sie waren doch heute auf dem Friedhofshügel, nicht?

Am andern Tag, es ist noch früh, laufe ich gegen die Rebberge über der Schlucht. Ein bestimmter Abhang irritiert mich. Jeden Morgen leuchtet er im Licht silbrig auf, eine ungeheure gleißende Fläche, gegen Abend erlöscht er. Schon zeichnet sich ein streifenweises Glitzern ab. Aber was mich beim Näherkommen am meisten überrascht, ist der satte dunkelblaue Grund der Eisenstecken, als wären die kahlen Rebstöcke über Nacht in eine unbekannte tropische Flora ausgebrochen. Doch das blaue Schimmern lichtet sich, das Glitzern wird stumpf, es rührt von nichts anderem als von schwarzen Plastikstreifen her, die über die Wurzeln der Rebstöcke gespannt sind, und die vermeintliche dunkelblaue Flora besteht aus Plastikgitterchen um die jungen Triebe. Einmal bis hierher gelaufen, möchte ich immerhin bis zum Rand der Schlucht vordringen, doch die Gegend kommt mir merkwürdig verändert vor. Die ganze Ordnung der Rebzeilen ist in einem heillosen Durcheinander, sämtliche Eisenstecken sind umgestürzt, oder ragen kreuz und quer in die Luft, nach einer Wegbiegung stehe ich vor einem Erdrutsch riesigen Ausmaßes. Er muß sich von den obersten Hängen gelöst haben und Rebstöcke, Eisenstecken vor sich herschleudernd bis weit über den verschütteten Weg hinaus in die Tiefe gestürzt sein. Vor dem Erdrutsch sitzt, als wäre sie dabei zutage gefördert worden, eine kleine alte Frau in roten Socken. Meine ganze Aufmerksamkeit wird sofort von diesen Socken in Anspruch genommen, mehr sogar als durch den Erdrutsch, Kindersocken, denke ich, wieso kommt die alte Frau zu diesen roten Kindersocken, und erst jetzt fasse ich ihre übrige Erscheinung ins Auge. Sie ist von einem Alter, das man nicht mehr schätzen kann, in sonderbarem Kontrast zu dem Gesicht voller Falten stehen ihre langen wirren Haare, sie winkt mich lebhaft zu sich heran, aber ich verstehe kein Wort von ihrem Lallen, Gurgeln. Ich beuge mich über ihre aufgerissenen Augen, durch die eine Fülle von Mitteilungen eilt, bald zeigt sie mit der Hand auf den Erdrutsch und lacht mit ihrem zahnlosen Mund, bald versammelt sich etwas Entlegeneres, Bedrohliches in ihnen. Sie wird heftiger, gestikuliert, Grauen zeichnet sich in dem faltendurchfurchten Gesicht ab. Ich sage, daß ich ins Dorf zurückkehre, ob sie mitkommen wolle, aber sie schüttelt den Kopf, zur Bekräftigung stößt sie beide Füße mit den roten Socken fest in die aufgeworfene Erde hinein. Aufgeregt winkt sie mir nach. Ein paar Rebzeilen weiter schaue ich zurück, doch weder von dem Erdrutsch noch von den roten Kindersokken ist mehr etwas zu sehen. Im Dorf herrscht schon einiger Aufruhr. Eine große Menge hat sich um den Wagen des Metzgers versammelt. Stimmen gehen durcheinander, Behauptungen, Mutmaßungen, jemand schlägt mit der Faust auf die Kühlerhaube des Metzgerwagens, besonders ein paar Frauen wirken aufgebracht, da habt ihr es! ruft eine, mit euren wütenden Begradigungen! keinen Grasflecken, keine einzige Kiefer, nicht den kleinsten Weißdorn mehr! wo soll sich da die Erde überhaupt noch halten können?! Stille ist eingetreten. Über das Gesicht der Frau fliegt eine dunkle Röte, sie beißt sich auf die Lippen, plötzlich geht sie durch die offene Tür zum Metzger hinein. Einer der Männer macht eine wegwerfende Handbewegung, die

Menge zerstreut sich. Ein beträchtlicher Fleischberg bleibt auf dem Blech übrig. Der Metzger runzelt die Stirn, wiegt den Kopf und sagt, der Erdrutsch hat ihnen den Appetit verdorben. Er streicht seine blutigen Finger an der Schürze ab, wie war es denn in der Schlucht? Woher, sage ich verblüfft, ich meine, der Metzger schnippt mit dem Finger gegen die weiße Waage, auf dem Wege geredet, im Grase gehört. Ich zähle die Kacheln im engen Raum, dann sage ich, wer ist die kleine Frau mit den roten Socken? Wie, sagt der Metzger galant, haben Sie die Alte vielleicht auf dem Weg zur Schlucht getroffen? Warum nicht, sage ich hartnäckig. Richtig, sagt der Metzger, das ist auch das ihr verordnete Revier, immer links vom Dorf, nur links, die rechte Dorfseite behält sich die Tochter vor, auf keinen Fall mit der Mutter zusammen sich zeigen! Tatsächlich getraut sich die Alte nie auf die rechte Dorfseite, wo ihre Tochter, energisch, geschminkt, äußerst gut angezogen, mit den Kindern promeniert. Manchmal, in der Mittagsstille, winkt die Alte von der Terrasse, wenn sie nicht gerade wieder von der Tochter hineingerufen wird, hat sie Ihnen noch nie zugewinkt? Aber meist versteckt sie sich hinter dem alten Küchenherd, Sie wissen doch, welchen Küchenherd ich meine, mit der Messingstange, auf der Terrasse, beim gelbverputzten Haus? Dieses Erdbeben, was für ein Unglück, wiederholt die Tochter jedesmal beim Fleischholen, aber mit dem Unglück meint sie, daß sie ihre Mutter aus dem Süden herholen mußte,

Sie haben doch von dem Erdbeben jenseits des Passes gehört, oder nicht, innerhalb weniger Augenblicke ganze Dörfer in Schutt und Trümmer! In einem sogenannten Containerhaus, mitten unter vielen notdürftig zusammengepferchten Menschen, haben sie die Alte nach tagelanger Suche endlich gefunden und hierher gebracht, aber wer versteht sie schon? Mit diesem zahnlosen Mund! Sie gilt im Dorf als verrückt, wie sehen Sie das? Kinder trommeln mit den Fäusten gegen das Fenster. Jedes schwingt einen Bund gelber Lose, der Metzger öffnet die Tür, ein einziger Haufen stürmen sie herein. Auf den Losen steht eine Nummer, das Datum des Musikfests, darunter eine Traktorreklame, Traktor für Kulturen ab ein Meter siebzig, der erste Traktor dieser Art! der Metzger liest mit lauter Stimme, und wieso habt ihr von mir keine Reklame darauf, he?! Er rollt die Augen, wischt die Hände an der gestreiften Schürze ab und greift nach dem Fleischermesser, bis die Kinder schreiend hinausstürzen.

Der Erdrutsch wird unauffällig wie eine Schande von den Männern beseitigt. Die Arbeit nimmt mehrere Abende in Anspruch, die Frauen lassen sich während dieser Zeit nicht blicken, einige haben sich sogar ostentativ zum Kaffeetrinken bei der Verwalterin hinter der Hall Populaire eingefunden. Nur die kleine Frau in den roten Kindersocken nimmt lebhaften Anteil an den Räumungsarbeiten. Sie läuft zwischen den Lastwagen hin und her, als führte sie die Aufsicht über das Ganze, plötzlich aber setzt sie sich auf die Erde, stößt die Füße hinein, eine unverständliche Klage überwältigt ihr Gesicht, sie hebt die Arme. Sie winselt, sie lallt. Die Männer betrachten sie hilflos. Sie haben sich zu sehr daran gewöhnt, sie von der Terrasse des gelbverputzten Hauses wie ein gefangenes Tier hinabspähen zu sehen, und war einmal von ihr die Rede, sagten sie, ah! die! die hat keine Sorgen, die weiß von nichts! Jetzt sitzt sie hier auf der bloßen Erde, die Füße mit den roten Kindersocken fest hineingestoßen, ihr zahnloser Mund zittert, in den aufgerissenen Augen unbegreiflicher Schrecken. Die Verwalterin hat in den folgenden Tagen nie über den Vorfall gesprochen. Sie ist hinter dem Observatorium mit ihrer Brennesselbrühe beschäftigt, auch Fässer voll Lauchbrühe stehen da, und eine ganze Reihe Säcke mit Meeralgenmehl. Längs der Mauerfront, die hinunter in die Ebene schaut, ist die Erde frisch aufgehackt, die Verwalterin zieht darin kleine Rebstauden nach, die sie mit Paraffin bestrichen hat, damit sie nur an einer Stelle ausschießen. Die Frühlingsstürme nehmen ab, jeder Tag bringt größere Wärme, bei besonderem Lichteinfall schimmern an den Hängen die Blattknospen rosafarben auf. Zur selben Stunde wie die Männer in der Frühe verlasse ich das Dorf und mache meine Aufnahmen in den Rebbergen. Manchmal ergreift mich Angst, diese Arbeit könnte mir vom Aluminiumwerk vorzeitig entzogen werden. Dann fasse ich die zwei Hügelkuppen ins Auge, das in der Senke ausgestreckte Dorf, jedes einzelne der vitriolblauen Häuser, als riefe ich sie um die Macht an, mich durch nichts von ihnen trennen zu lassen. Doch jetzt höre ich nur auf das Tosen der Luft. Das für meine Arbeit notwendig übersteigerte Hinhören auf jeden Laut dieser Gegend hat in mir eine Wachheit erzeugt, wie sie sonst nur ein angestammtes Land fordert, das die geringste Treulosigkeit rächt. Dabei lebe ich fern von meiner Hauptstadt. Ich schaue vom Observatoriumshügel hinunter gegen den Fluß, der angeschwollen von den Gletscherwassern die Ebene durcheilt, ich gehe auf das Kanalhaus zu, die letzten Streifen des grünen Nachthimmels über mir, Heimkehren und Auswärtsleben sind ein und dasselbe. Später erwache ich vom Geräusch des Regens. Ein zögerndes, unregelmäßiges Prasseln, setzt er ein, fast hart schlagen die großen Tropfen auf die ausgetrocknete Erde, die zuerst wie ein Stein alles Wasser abweist. Langsam aber sickert das Naß ein, die Erde wird weich und nachgiebig, unersättlich trinkt sie nun den Regen auf. Ein Vibrieren in der Holzdecke hält mich wach, oder rührt es vom Boden her, nein, vom Steinfußboden unmöglich, doch wie können an der Decke Schritte zu hören sein, ein Schleifen, dann geradezu ein Gestampfe und Gepolter, das taktweise Aufschlagen vieler Füße? Dampf steigt vor meinem Gesicht auf. Wieder und wieder drücke ich die Stirn in das feuchte heiße Handtuch, endlich gebe ich es dem vor mir stehenden Mädchen zurück, erwidere sein Lächeln, jetzt bin ich genug erfrischt, ich gehe ein paar Schritte nach vorn. Von der jenseitigen Saalwand, hinter dem bankettartig aufgerichteten Tisch, leuchten mir deine schwarzen Augen ungeduldig entgegen. Aber es ist schwierig, unausführbar, die Saalmitte zu durchqueren, sie wölbt sich zwischen uns wie die Erdkugel, ich laufe, ich rufe, die Erde rast unter mir, unentwegt tauchen Schwärme von Menschen auf und kreisen mich ein. Doch plötzlich faßt mich ein Greis am Arm, ein Weg bis zu dem bankettartigen Tisch an der Saalwand tut sich auf, er führt geradeaus zu dir. Dein Gesicht versteinert sich, du beugst dich über die kleinen grünen Lauchstengel, tunkst sie in die braune Sauce, wickelst mit unglaublicher Schnelligkeit ein dünnes Teigblatt um das knusprige Entenfleisch, ich habe die Teetasse umgeworfen, was für ein Mißgeschick, viele beschäftigte Gesichter blikken rasch her, wiegen vergnügt den Kopf, aber was! eine Kleinigkeit, am letzten Tag, Sie haben hier glücklich zu sein, in diesem Land! Eine schleppende Musik setzt ein, fade Barmusik, du hebst etwas zu lebhaft das kleine Glas mit dem warmen Reiswein, stößt überall an, lachst, nur bei mir tippst du kaum gegen das Glas, doch darauf senkst du kurz den Kopf, ich starre auf dein schwarzes, abstehendes Haar, den gebeugten Nacken, von neuem drücke ich meine Stirn in ein feuchtes Handtuch. Aber inzwischen hat das Mädchen bereits alle Handtücher eingesammelt, man zieht mir auch das meinige sacht weg, eine Lautsprecherstimme erschallt, Freunde und Genossen, nach der letzten Plenartagung ist die politische Einheit unserer Partei, unserer Armee und der Nationalitäten des ganzen Landes stärker als je zuvor, sie ist in der Lage, Störungen, woher sie auch kommen, wahrzunehmen und auszuschalten! Wir können gut verstehen, daß einige Genossen unzufrieden sind, weil sie in der Vergangenheit viel gelitten haben, es ist aber völlig falsch, wenn sie deshalb eine Abneigung gegen die Partei entwickeln, du hast drei, vier, fünf Entenstücke auf deinem Teller versammelt, grünen Lauch, einen entsprechenden Stapel Teigblätter, Entenstück um Entenstück verschwindet eingewikkelt in deinem Mund, den Kopf leicht schief, erwärmt vom schnellen Essen, wirfst du mir einen Blick zu, wie eine dringende Abbitte, es schmeckt zu gut, verstehst du, ich darf mir das nicht entgehen lassen, offensichtlich ist dir auch der Reiswein ein bißchen in den Kopf gestiegen, aber plötzlich legst du ganz ruhig die Stäbchen hin. Verschiedene Tanzpaare beginnen den Saal zu durchqueren, deine Augen brennen, sofort wendest du dich ab. Die Barmusik wird lauter, die Saalmitte ist spiegelglatt, der Greis nimmt mich am Arm und führt mich dir zu, an den Tischen bricht Klatschen aus. Du faßt mich unter der Achsel, ich spüre es kaum, deine andere Hand, sie ist kalt, liegt in der meinen, doch jetzt blicken deine schwarzen Augen mich an, während

Musik, importierte, die schlechteste, uns durch den Saal zieht, Hände klatschen von neuem hinter uns, irgendwo wird bei einer Frage im Chor laut aufgelacht, Köpfe wiegen hin und her, Sie haben hier glücklich zu sein, in diesem Land! durch deine Augen fließt die Finsternis der Welt. Die Barmusik klingt aus, du trittst einen Schritt zurück, neigst knapp den Kopf, und verschwindest im Saalgedränge. Die Lichter erlöschen. Ringsum wächst die Dunkelheit der Nacht. Nichts ist vernehmbar als das Rauschen des Regens, der immer noch über dem Kanalhaus niedergeht, und erst gegen die Frühe nachläßt.

Am Morgen sind die Hänge von einem hellgrünen Schleier überzogen. Ich laufe ins Aluminiumwerk hinunter, in der Nacht haben die Rebstöcke ausgeschlagen, überall leuchtet der erste Blätterflaum. Ein anderer Arbeiter begleitet mich heute in die Pergola des Foyers. Er geht mir stumm voran, ein älterer dunkelhaariger Mann, der sonnengebräunten lederigen Haut, dem Tonfall, dem innerlich gespannten Blick nach zweifellos jemand aus der Gegend, aber er setzt sich in der Pergola mir gegenüber ohne ein Wort. Ich habe längst begonnen, die Aufnahmen zu überspielen. Der Arbeiter schaut schweigsam über den Fluß zu den Werkhallen hinüber. Auf seinem Gesicht spielt sich etwas mir Unerreichbares ab, auf einmal hebt er die Hände, wie zur Abwehr oder als schmerzten ihn die Geräusche, aber sind das überhaupt noch Hände? Was von seinen Fingern übrig ist, sind nicht einmal mehr Stümpfe, nur eine Art vernarbter Auswüchse. Ich stoppe schnell das Gerät. Der Arbeiter muß das Erschrecken in meinen Augen gesehen haben, und wie in einer jähen Gier, mir nichts vorzuenthalten, streckt er mir beide Fäuste entgegen, ich kann nicht mehr in die Reben gehen, Sie sehen! unbrauchbar. Wie ist das geschehen, frage ich, der Arbeiter dreht den Kopf wieder zum Fluß. Niemand steht hinter dem Fenster des Foyers. Herunterkommende Gewichte, sagt er, beide Hände zerquetscht, vollkommen zerquetscht, zu Brei! Der Werkarzt ließ in solchen Fällen einfach alle Finger wegschneiden. Nur ein Bruder von mir, der hatte Glück, dem hat ein herunterkommendes Gewicht ebenfalls die Hände zerquetscht, aber er ist an einen jungen Volontär geraten, der zu jener Zeit im Werk war, dieser junge Volontär hat sich schlichtweg geweigert, die alte Praxis des Fingerabschneidens anzuwenden, aufs sorgfältigste hat er alles zu nähen versucht, Finger um Finger, Stückchen um Stückchen, Haut um Haut, ohne jeden Verband, nur gepudert, mehrmals täglich gepudert, und die Hände unter einen kleinen Drahtkäfig gestellt, meine Hände, meine Kanarienvögel! lachte mein Bruder, wenn ich ihn besuchte, und bewegte mühsam die Finger in dem kleinen Drahtkäfig, aber sie sind ein Kunstwerk geworden! Hingegen ich, Sie sehen, viele oben im Dorf haben keine Finger mehr, haben Sie das noch nicht bemerkt? Früher stand jedes Unglück in der Zeitung, auch über meinen Unfall erschien eine Notiz, jetzt wird jede Berichterstattung unterdrückt, man weiß nicht mehr, was im Werk passiert. Aber überspielen Sie nur weiter! Er rückt sich zurecht auf der Bank, wie um besser zuzuhören, ich drücke auf die Taste. Jenseits des Flusses kommen Arbeiter in orangenen Schutzanzügen aus dem Tor einer Werkhalle, einige kauern sich den Wänden entlang nieder, der Ausgang wird immer leerer. Der Fluß rauscht stärker. Ist das noch das Tor der Werkhalle, oder der Vordergrund einer dunklen Bühne? Jemand liegt am Boden und schläft. Es ist der Affenkönig in seinem feuerroten Kleid, er ist ins Land des Kaisers der Toten eingedrungen, aus der Finsternis nahen schon zwei Vollzugsbeamte und fesseln ihn im Schlaf, endlich schreckt der Affenkönig auf, aber zu spät! Er vermag seine Keule, die er winzig wie eine Stecknadel hinterm Ohr trägt und bei Bedarf so ungeheuer vergrößern kann, daß er einst die Milchstraße damit flachstampfte, diese Keule vermag er nicht mehr hervorzuholen, er bleckt umsonst die kleinen scharfen Zähne, hüpft in den Fesseln umher, kreischt, wozu dieser Unsinn, mich zu verhaften, ich bin unsterblich! ihr irrt euch! Aber die Vollzugsbeamten lachen, Richter irren, Vollzugsbeamte nie! Und sie schleppen den gefesselten Affen vor den Gerichtshof des Kaisers der Toten, ich blicke schnell zur Seite, gleich wirst du mir die aufleuchtenden Schriftzeichen links und rechts der

Bühne leise erklären, aber du sitzt nicht neben mir, es ist eine alte Frau, die laut aus ihrer mitgebrachten Teetasse schlürft, hinter mir schnarcht jemand, und beidseitig der Bühne leuchten keine Schriftzeichen, es ist ein niedriger Landsaal, Gespucke auf den Boden unterbricht den dünnen inständigen Gesang, ein riesiger propellerartiger Ventilator kreist an der Decke, und durch die offenen Hintertüren kommt die feuchte dunkelgrüne Nacht des Südens. Gongwirbel künden die zehn Richter der Toten an, Fackelträger gehen ihnen voraus, aber nicht weniger feurig rollt der Affenkönig in seiner Wut die Augen, ich bin ein Unsterblicher! schleudert er ihnen entgegen, ich unterstehe keiner Gerichtsbarkeit mehr, wozu also meine Festnahme? Sofort her mit den Registern der Lebenden und der Toten! Riesige Buchrollen werden von den Registraturbeamten herbeigebracht, der Affenkönig überfliegt sie unwirsch, wo sind denn nur die Affen angeführt, endlich findet er das Register aller kleinen und großen Affen, und schließlich auch seinen Namen mit der genauen Angabe der Lebensspanne, ich habe überhaupt keine Lebensspanne! ruft der Affe empört, ich bin unsterblich! einen Pinsel! Und mit einem von schwerer Tusche durchtränkten Pinsel zieht er einen Strich durch seinen Namen und gleich auch denjenigen aller andern kleinen und großen Affen und schmeißt das Register den zehn Richtern der Toten vor die Füße. Die greisen Richter heben entrüstet ihre langen weißen Wasserärmel, sie rufen schrill, dieser barbarische Affe! und der Kaiser der Toten wirft einen kurzen Blick über den Wandschirm seines Throns, ein öffentliches Amt! zischt er, ein öffentliches Amt für diesen gemeingefährlichen Unsterblichen! dann steht sein Name in allen Akten unseres Reichs, so allein behalten wir ihn unter Kontrolle! Die Propeller des Ventilators kreisen, ein Teil der Affenoper ist für heute zu Ende. Ein Regenguß versammelt die Zuschauer noch unter dem Vordach, aus den offenen Umkleideräumen der Bühne kommt Kinderweinen, die Truppe legt sich beim spärlichen Licht der kleinen Schminklampen zum Schlafen nieder, die Puderkästen werden zugeklappt, die Töpfchen aufeinandergetürmt, von der Stange an der Decke glitzern die Silberfäden der Kostüme. Jemand berührt mich vorsichtig am Ellbogen. Es ist der Arbeiter, er läßt seine verkrüppelte Hand kurz auf meinem Arm ruhen, es ist schon spät, ich muß leider gehen, es ist längst alles überspielt, im Foyer schließt man. Ich höre seine Schritte im Kies sich entfernen. Über das Brückengeländer gebeugt, schaue ich in die Wirbel des Flusses hinunter, eine der Kassetten wird nochmals hochgeschleudert, dann versinkt sie endgültig. Aber schon wieder steht jemand neben mir, hält einen aufgespannten Schirm hoch, lieben Sie Regen nicht, sage ich, dann sehe ich den Rattengiftverkäufer am Fluß. Wenn die Kassetten nur nicht ans Ufer getrieben und von Ratten ins Land hineinverschleppt werden, denke ich und kehre mich nochmals um, aber es ist nicht der kühle reißende Fluß mit den Gletscherwassern, es ist ein träger breiter Strom, die Ufer weit überschwemmt, der Rattengiftverkäufer hockt inmitten seiner Schüsselchen mit Gift, neben jedes hat er zur Illustration je eine große tote Ratte hingelegt. In der grünlich dunstigen Dämmerung sind ungeheure Menschenmassen unterwegs, Menschen allein, in Paaren, in Gruppen, in Schwärmen, mit schwankenden Lasten auf den Schultern, Körbe an Tragestangen, in denen unzählige Tonnen Erde und Fels von Dorf zu Dorf bewegt werden, wie Wesen aus der Vorzeit stampfen Wasserbüffel durch den Schlamm der Reisfelder. Doch der aufgespannte Schirm trennt mich von allem, und das Gesicht neben mir ist nicht das geliebte Gesicht, durch das hindurch ich allein alles erkenne, ohne das die Menschenmassen unterwegs Ströme von Unermeßlichkeit und Trauer sind, und die Freundschaft der Völker ein totes Wort. Wie feucht es hier ist, sagt die Stimme neben mir, fassen Sie nur einmal Ihr Kleid an, diese Leute behaupten, in unserer Hauptstadt, der Hauptstadt der Nudelesser, wie sie sich verächtlich ausdrücken, könne man nicht leben, das Klima unserer Hauptstadt sei derart trocken, daß man vor Heiserkeit verstumme wie ein Fisch, aber hier der Süden, geht er nicht in der Feuchtigkeit und den Regengüssen unter! Aber jetzt, sage ich, brauchen wir den Schirm doch nicht mehr. Der Regenvorhang ist zerrissen, und die stillen schwarzen Dschunken, schräg im Wind, sind die Westberge in meinem Herzen. Jedes Hochwasser, fährt die Stimme neben mir fort, komme daher, glaubt man an diesem Strom, daß der Drache sich rege. Jemand lacht schallend. Der Fluß ist klarer, blauer geworden. Am Ende der Brücke steht der Arbeiter. Er hat seinen Blick auf mich gerichtet, als betrachte er mich schon lange, ich halte vor ihm inne, er schaut mir forschend in die Augen. Einen kurzen Seitenblick zum Fluß werfend, sagt er mit gespielter Drohung, Sie wollen wohl für immer hier im Werk angestellt bleiben, was?! Er drückt leicht meinen Ellbogen zum Abschied und geht an mir vorbei über die Brücke, zu den turmartigen Steinhäusern, jenseits des Flusses.

Wieder im Kanalhaus, öffne ich zum erstenmal die Tür hinter dem Bett. Diese zweite Tür war mir schon beim Einzug nicht entgangen, aber da der Chauffeur und der Beifahrer das Bett so entschieden davorgestellt hatten, vermied ich es bisher, mich mit dieser Tür zu beschäftigen, zudem ist vielleicht ebenfalls etwas daraufgekritzelt, ein zweites Danger möchte ich nicht gesehen haben. Jetzt staune ich, wie mühelos sich die Tür öffnen läßt, als würde sie ständig benützt, auch war sie überhaupt nicht geschlossen, ich mache sie weit auf und sehe, daß der kleine überdachte Vorraum eine richtige Veranda bildet, begrenzt durch ein Holzgeländer, das von außen durch die Brennesselbüsche vollkommen verdeckt wird. Rasch werfe ich doch einen

Seitenblick zur Tür, aber außer unzähligen Kreidestrichen steht nichts darauf. Wieder hinaus gegen die Rebberge gekehrt, das rote Observatorium wie anvisiert auf dem Hügel vor mir, werde ich plötzlich die Überzeugung nicht los, daß die kleine Veranda einmal zu Schießübungen gedient hat, und der letzte Schuß galt vielleicht der seither immer offenstehenden Querleiste im Fensterladen des Observatoriums. Was mich allerdings im Moment mehr fesselt und auch die ungehinderte Sicht auf das Observatorium stört, sind zahlreiche aschgraue Klümpchen, die reglos an der äußersten Holzverstrebung des Dachs hängen. Oder lassen sie sich, vom eben aufkommenden Abendwind, beinahe unmerklich hin und her schaukeln? Eines der Klümpchen, dicht von den übrigen umdrängt, interessiert mich besonders, es hängt irgendwie merkwürdig verquer in der Reihe. Kaum trete ich einen Schritt näher, erkenne ich die zusammengefaltete Haut, den winzigen pelzigen Körper, die geöffnete Mundspalte. Ein ganzer Schwarm junger Fledermäuse hat sich hier aufgehängt. Sind sie, in einer früheren kalten Nacht, erfroren und einfach an der Holzverstrebung tot hängengeblieben? Das mir zugedrehte Fledermäuschen, das am auffälligsten im Wind schaukelt, da es sich nur mit dem einen Daumen festgekrallt hat, ist jedoch offensichtlich im Erwachen begriffen, schon stellt es einen der großen Ohrdeckel auf, der so dünnhäutig ist, daß der gelbe Abendhimmel durchscheint. Mit dem ausgestreckten Zeigefinger fahre ich den wie Orgelpfeifen aneinandergereihten Fledermäusen entlang, und im Nu, tatsächlich wie eine gewaltig losbrechende Orgelmusik, flattert der ganze Schwarm durcheinander und hinaus ins Freie, so daß das Observatorium kurz davon verdunkelt wird. Ich lasse die Tür offen, schiebe mein Bett in die Mitte des Raums, und wie ich mich nun hineinlege, steht das Observatorium genau vor mir auf dem Hügel, schon verblaßt es in der Nacht. Die Fledermäuse werden jetzt durch die Rebberge fliegen, oder langsam, unsicher, über den Kanal flattern, sicher werden sie vor der Morgendämmerung nicht heimkehren, und gewiß nicht, denke ich, sich in mein Haar krallen, das ist eine Kinderangst, und bevor ich einschlafe, sage ich mir noch, daß mein Bett nun gegen Osten schaut, und wie gut, daß es endlich diese Richtung genommen hat.

Es ist schon hell, als ich vom Geräusch einer zuschlagenden Tür erwache. Vor dem Observatorium steht die Verwalterin, noch den Türgriff in der Hand, sofort durchzuckt mich der Gedanke, ob sie diese Nacht im Observatorium zugebracht hat, in einer Art Ingrimm rüttelt sie nochmals an der Tür, wie um sich zu vergewissern, daß sie wirklich geschlossen sei. Dann richtet sie sich auf, aber nicht wie man ein Haus nach dem Schlaf verläßt, eher wie nach einer anstrengenden Arbeit, sie eilt den Hügel herab, mehrere Male wischt sie sich dabei mit der

Hand über die Stirn, zupft an den Haaren, als wolle sie Spinnweben vertreiben. Barfuß gehe ich in die Veranda hinaus. Unterhalb des Kanalhauses wimmelt es von blauen Arbeitskitteln, meist zu Beginn einer Rebzeile aufgehängt, alle Männer des Dorfes scheinen hier beschäftigt, heute muß der schon lang angekündigte Termin für die kommunalen Reben sein. Gemeinsam wird der Frühlingsschnitt vorgenommen, für die späteren Arbeiten, sagte gestern die Verwalterin, müsse man sich nur alle drei Jahre zur Verfügung stellen. Eine unwiderstehliche Neugier zieht mich auf den Observatoriumshügel. Aber tagsüber bin ich noch nie den schmalen Weg hinaufgegangen, so auch jetzt nicht, nein, am hellichten Tag gehe ich nur auf den bewaldeten Friedhofshügel. Wie ich den Dorfplatz überquere, sehe ich das Anschlagbrett mit einer Flut von Zetteln gespickt, durchweg Warnungen der Bewässerungskontrolle. Mehr oder minder dreht sich alles um den strikt untersagten Gebrauch der Wasseranschlüsse für persönliche Spritzbehälter, der Aufruf wiederholt sich in verschiedenen Formen, Zuwiderhandelnden werden Bußen angedroht, die in drei Abstufungen vermerkt sind. Fast jeder Zettel schließt mit einem Appell an alle Citoyens, sich an das ausdrückliche Verbot zu halten, ja, dieser Ausdruck Citoyens fehlt in keiner Warnung. Die Zettel sind allerdings recht unansehnlich, an den Rändern vergilbt, zerknittert, überhaupt oft aus zerrissenen Hälften völlig unstimmig zusammengeklebt, ganz so, als wären wiedergefundene Anschläge aus vergangenen Jahren verwendet worden. Vom Friedhofshügel her sind Hammerschläge zu hören, rasch laufe ich hinauf. Wie ich die Lichtung erreiche, steht die Holzbühne fast fertig vor mir. Zwei gebückte Männer drehen mir den Rücken zu, es sind der Dicke und der Dünne, die ich außer unter den Nußbäumen nie anderswo angetroffen habe, sie lachen über mein verwundertes Gesicht, auch wir sind gern auf dem Tanzplatz, sagt der Kleinere der beiden, aber setzten Sie sich doch! Mit einer einladenden Handbewegung winkt er mich auf die Holztreppe, schon lange nicht mehr haben wir die Bühne so rasch aufgerichtet wie dieses Jahr, seit Tagen ist schlechtes Wetter angekündigt, aber das ist nicht für uns, das ist für die drüben, er zwinkert gegen die Gebirgsplateaus hinauf, hinter denen kleine durchsichtige Wolken eilig dahinziehen. Dann deutet er mit dem Arm auf die andere Seite der Lichtung, da wird die Höllenbahn stehen, und hier über der Bühne das riesige Zelt, jetzt haben Sie bereits eine Vorstellung des Musikfests. Eine Höllenbahn? frage ich. Der Größere, Dicke, schneidet mit einem Rebmesser an einem Stück Trockenfleisch herum, jawohl, sagt er, eine Höllenbahn, früher waren sie hier arm und glaubten ans Paradies, jetzt sind sie reich und glauben an die Hölle. Der Kleinere bietet mir die fast geleerte Flasche Wein an, schön, daß Sie gekommen sind, wirklich, wie gewünscht, wir hörten nämlich gern in einer bestimmten Sache Ihre Ansicht, gestern, auf der Versammlung in der Hall Populaire, äußerten sich alle dahingehend einverstanden, Ihre Meinung heranzuziehen, sehen Sie, es handelt sich um das Observatorium, es soll noch vor dem Musikfest frisch verputzt werden. Wie! entfährt es mir, es soll nicht mehr rot sein?! Sie scheinen ordentlich erschrokken, lacht der Dicke, wir haben natürlich unsere Gründe, aber Sie sind ja ganz bestürzt! Der Kleinere zeigt zum Observatorium hinüber, überzeugen Sie sich selbst, steht es jetzt, in diesem Rot, nicht fremd in der Gegend? Ihre Vorgängerin wollte durchaus dieses besondere Rot haben, sie begründete es so sicher und leidenschaftlich, daß schließlich der Verputz ganz nach ihrem Willen ausgeführt wurde, aber seit der Hügel unbewohnt ist und ringsum alle Kiefern und jeder Weißdorn abgeholzt, fällt das Observatorium zu sehr auf, dieses Rot zwischen den steinigen Hügeln, vor dem dunkelblauen Himmel, das lockt nur unerwünschte Besichtigungen an. Warum wollte sie denn dieses Rot, platze ich heraus, doch die beiden scheinen gar nicht recht hingehört zu haben. Sie sind in den Anblick des Observatoriums vertieft. Erst gestern waren wieder Fremde da, murmelt der Dicke, weiß der Teufel, was die an dem roten Haus finden, schon immer haben die ältesten Frauen im Dorf behauptet, es wäre früher nie rot gewesen, und das Observatorium sei im Grunde nichts anderes als ein vergrößertes Rebhäuschen, und nie hätte man in dieser

Gegend Rebhäuschen rot verputzt. Die beiden Männer haben offensichtlich eine längere Arbeitspause eingelegt. Sie betrachten die Rebberge, an dem breiten Hang unterhalb des Kanalhauses herrscht immer noch reger Betrieb. Die mit ihren Melkstühlchen, kichert der Kleinere, was sagen denn Sie, wendet er sich an mich, zu diesen grünen Tellern auf dem Hintern? Sie brauchen die Stirn nicht derart in Falten zu legen, sehen Sie die grünen Melkstühlchen vielleicht nicht? Mit einem Gürtel schnallen sich die Leute diese Teller um, anders kann man diese Plastikstühlchen mit dem kurzen Metallbein schlechterdings nicht nennen, aber alle waren begierig auf diese neue Anschaffung, jeder wollte nur noch einen Plastikmelkstuhl, doch kaum traten die grünen Melkstühlchen ihren Siegeszug durchs Dorf an, wurden die Kühe abgeschafft, in der Dunkelheit, wie Flüchtlinge, wurden sie in Transporter verladen und nie wiedergesehen, die Wiesen, die Roggenfelder wurden abgeschafft, alle Kiefern, jeder Weißdorn, nur noch Reben! Reben! und zum Sitzen beim Rebenschneiden dienen nun auch die grünen Melkstühlchen. Über was will man sich jetzt noch unterhalten? Das Vieh hat früher alle unablässig beschäftigt, das Debattieren übers Vieh hat den Großteil des Kontakts ausgemacht. Nur das Wässern der Wiesen, das haben Sie nicht mehr erlebt, das war Arbeit! Nie konnte man in der Dämmerung irgendwohin gehen, ohne auf zwei schweigsame Gestalten zu stoßen, die miteinander wässerten, hier hat man immer zu zweit gewässert, schon wegen der großen Bußen bei Wasserfrevel. Kaum hatten wir uns abends hingelegt, mußten wir mitten in der Nacht auf die Voralp laufen, um für sieben Minuten das uns zustehende Wässerlein auf ein ausgetrocknetes Stück Land zu führen, ja! sieben Minuten! das Wasser, besonders jenes, das direkt von den Gletschern hergeleitet wurde, war damals das Kostbarste auf der Welt. Erinnerst du dich, grinst der Kleinere zum Dicken hinüber, an die letzte Regenprozession auf die Voralp? Wie wir stundenlang in der Hitze, mit ausgebreiteten Armen, um Regen beteten, bereits halb betäubt vor uns hin murmelten, nur von der Gruppe der Frauen, in ihren schwarzen Kopftüchern, einen Steinwurf tiefer, drang stärker das Gesumm des Rosenkranzes herauf, doch plötzlich macht, in unserer vordersten Reihe, der Bewässerungsinspektor eine kleine, seitliche Bewegung und pißt in hohem Bogen ins dürre Gras, das Murmeln bricht jäh ab, und einer der Buben, aufgeschreckt aus seiner Benommenheit, springt zur Gruppe der Frauen hinunter und schreit, ein Wunder! ein Wunder!

Der Größere der beiden ist aufgestanden und sieht in die Ebene hinunter, wo der Fluß glänzt. So war das, sagt er, zuwenig um zu leben, zuviel um zu sterben. Können Sie sich vorstellen, daß bis um die Jahrhundertwende die Ebene da unten ein gefürchteter Sumpf war? Daß im Frühjahr, bei der Schneeschmelze, sintflutartige Überschwemmungen den ganzen Talboden mit hohem Schutt bedeckten? Erst nach der Eindämmung des Flusses entstanden die Aprikosenbaumspaliere, kam die Eisenbahn, das Aluminiumwerk, die Fremden, und die Zeit erhielt einen bösen Dolchstoß! Schade, bemerkt der Kleinere, daß Sie den Bewässerungsinspektor nicht mehr erlebt haben, er fand dauernd in allen Rebsektoren irgendwelche Sachen, die er in einer Fundanzeige auf dem Dorfplatz bekanntgab, und die persönlich bei ihm abzuholen waren, persönlich abzuholen war stets dick unterstrichen auf den Anschlägen, schade, wirklich. Er hätte Sie bestimmt, von der Veranda des Kanalhauses aus, schon von weitem mit ungeheuren Beschuldigungen empfangen, Sie hätten das auf keinen Fall ernst nehmen dürfen, er hatte nun einmal ein unstillbares Bedürfnis, Beschuldigungen auszustoßen, man mußte ihn nur gesehen haben, wie er dabei mit den Armen in der Luft herumruderte, was wollen Sie hier! würde er Sie angefahren haben, und Fünkchen hemmungsloser Freude hätten in seinen Augen geglitzert, er hätte unter seinem Bett irgendeinen der gefundenen Gegenstände hervorgeholt und Ihnen entgegengeworfen, einen Schuh, eine gläserlose Brille, ein Rebmesser, er hätte Ihnen seinen Schnaps aufgedrängt und unablässig die dünne Haut über Ihren Fingerknöcheln betrachtet, begierig, gerührt, und wenn er erst Ihre sonderbar weißen Fingernagelränder sähe! Vor allem hätten Sie seinen Auftritt am Musikfest nicht verpassen dürfen, er spielte zwar immer dasselbe, eine schrille jämmerliche Nummer, das hätten Sie sich anhören müssen! Tatsächlich, warum ging es mit dem Bewässerungsinspektor derart zu Ende? Und als könnten sie durch die Wiederaufnahme der Arbeit die Tage bis zum Musikfest beschleunigen, hämmern die beiden Männer erneut auf dem Gerüst herum. Ich verlasse die Lichtung mit der festen Absicht, sofort auf den Observatoriumshügel hinüberzugehen. Bereits auf dem Hinweg fasse ich beharrlich den roten zweistöckigen Bau ins Auge. Ich will das Unmögliche berühren, um mir den Traum ganz anzuverwandeln. Weiter unten, in den kommunalen Reben, ist Mittagsruhe eingetreten. Die Männer sitzen mit den Frauen, die ihnen das Essen gebracht haben, zusammengedrängt auf den gelben Plastikdüngersäcken, aus den offenen Kofferräumen der Autos schallen Radiostimmen herauf. Die sperrige Querleiste im Fensterladen des Observatoriums hat plötzlich etwas von einem höhnischen Zwinkern. Triumphiert sie, daß sich eine betrunkene Hand vergebens durchschob, und warum soll es nicht die Hand des Bewässerungsinspektors gewesen sein? Niemand kam auf das Hämmern an der Tür heraus, was kümmert es den Bewässerungsinspektor, daß man ihn vom Dorf aus beobachtet, wie er am geschlossenen Fensterladen rüttelt, die allgemeine Meinung gilt ihm nichts mehr, sein Kaisergewand leuchtet wie eine geplatzte Orange in der Mittagsglut, und im haltlos gewordenen Aufruhr des Alters schiebt er auf einmal gewaltsam die ganze Hand durch. Drinnen sieht die Vorgängerin die Fingerspitzen im Lichtspalt zittern, sie sitzt zwischen den offenen Flügeltüren ihres Schranks, die Nußbaumadern flammen, es ist ihr letzter Ort der Zuflucht geworden. Hier allein auch weiß sie, diese Hand dort, die begehrlich im Lichtspalt zuckt, ist nicht ihres Vaters Hand, warum glaubte sie das so unbelehrbar, immer wieder von neuem bedingungslos, ihr Vater ist schon lange tot. Die Hand dort, die sich durch die Querleiste schiebt, verdunkelt den Raum. Es ist nicht die Hand, die das Fenster öffnet, hinter dem der Vater vom Morgenlicht übergossen erscheint, und sie immer noch das Kind ist, das den Arm heraufstreckt und auf dem Fenstersims die roten Äpfel aus dem Garten aneinanderreiht, denn sie kann nicht begreifen, daß der Vater das Arbeitszimmer aus dem elterlichen Haus ins Dorf verlegen mußte, die vielen Menschen, die mit eiligen aufregenden Nachrichten ins Haus kamen, haben sie von klein auf angeschlossen an die öffentliche Welt, der jähe Riß ist ihr unverständlich, sie muß ihn füllen mit den aufgereihten roten Äpfeln aus dem Garten, das Getrennte so jeden Morgen bruchstückhaft wieder zusammenfügen, und es ergänzen mit vielen Besuchen vor dem Fenster, manchmal mit bloßem Stehenbleiben davor, oder mit stummem lebhaftem Winken. Aber jenes Fenster öffnet sich nie mehr für sie. Nachts hört sie wieder die inneren Schreie, nach langen Jahren stirbt ihr Vater nochmals. Doch sie weiß auf einmal, jetzt ist er das letzte Mal gestorben, denn sein Gesicht liegt versunken, versteinert in der Erde, nur seine Augen! seine Augenritzen öffnen sich, ein Springquell zwängt sich hindurch, hell, immer klarer, in hohen Stößen sprudelt er hervor, aus dem Plätschern wird ein Rauschen, eine lichte Flut, unaufhaltsam ergießt sie sich in die Welt.

Hinter dem Observatorium ist die Verwalterin im Begriff, den schwarzledernen Kissenbezug vom Traktorsitz zu reißen, bald zerrt sie am Leder, bald an den rostigen Nägeln. Verwundert frage ich sie nach ihrem Vorhaben. Sehen Sie sich doch die Rükkenwülste an, sagt sie, überall quillt die Füllung heraus, die neuen Kunststoffkissen sind weit unzerstörbarer, sie hat einen großen Lederfetzen vom Sitz heruntergerissen und hält ihn in der Hand. Mit einem Ausdruck innerer Unruhe schaut sie mir in die Augen. Und warum sind Sie hier, fragt sie abrupt, bewachen Sie vielleicht das Observatorium? Ich habe mich auf den Traktor gesetzt. Die Verwalterin steht einen Moment unschlüssig mit dem Lederfetzen in der Hand da, streicht mit gerunzelter Stirn darüber, dann nimmt sie neben mir Platz. Diese kleinen Banditen, knirscht sie, es ist mir einfach ein Rätsel, wie die ins Observatorium hineinkommen. Von wem reden Sie, frage ich, von wem wohl, ruft die Verwalterin, von den Kindern natürlich! Halten Sie es für möglich, daß sie es fertigbringen, durch die offene Querleiste des Fensterladens hineinzuschlüpfen? Jedenfalls waren alle wieder einmal im Observatorium und haben es einer Gruppe von Fremden für Geld gezeigt. Für Geld, lache ich, wofür lassen sich denn die Kinder bezahlen? Wenn ich das wüßte, ruft die Verwalterin, ich habe eines der Kinder scharf ins Verhör genommen, aber außer irgendwelchen konfusen Geschichten von einem chinesischen Kaiser und einem Schrank konnte ich nichts herausbringen, doch ohne ziemlich ansehnliche Bezahlung macht es die kleine Bande nie, es ist mir ein Rätsel. Früher wenigstens war das Observatorium versteckt hinter dem jahrhundertealten hohen Weißdorn und übte nicht diese unverständliche Anziehung auf die Fremden aus, es ist überhaupt ein Unglück, daß ringsherum aller Weißdorn abgeholzt worden ist, nicht den minimsten Schatten mehr kann man während der Arbeit finden, auch die letzten Terrassenmäuerchen sind planiert. Manche kommen jetzt zur Mittagszeit mit ihrem Essen hier den Hügel herauf und setzen sich in den Schatten des Observatoriums. Gestern, bei der Versammlung in der Hall Populaire, sprachen viele davon, natürlich nicht laut, sozusagen nur unter dem Tisch, daß man da und dort daran denke, an den vollkommen der Sonnenglut ausgesetzten Hängen, zumindest in einer Rebzeile, ein überdachendes Spalier zu ziehen. So weit sind wir nun! Die Verwalterin bückt sich und sucht mit einer ungeduldigen Bewegung etwas unter dem

Traktorsitz. Es ist ein Stickrahmen, von dem lange bunte Fäden herunterhängen. Rasch hält ihn mir die Verwalterin hin, natürlich erkennt man das Gesicht noch nicht, sagt sie, und zieht einen der Fäden durch die Nadel, überhaupt habe ich mich lange geweigert, das Bild anzufertigen, aber im Dorf behaupten alle, niemand könne das so lebensecht wie ich, und leider habe ich schon mehrere Bildnisse für die Hall Populaire gestickt, da soll es schließlich ebenfalls hängen. Ich schaue bald auf den Stickrahmen, bald in das Gesicht der Verwalterin. Es handelt sich, sagt sie in die Stille hinein, um das Bild des Bewässerungsinspektors. Unbeweglich hängen die bunten Fäden in der Mittagshitze. Man hat eben, fährt die Verwalterin fort, damals im Dorf, trotz des Vorfalls am Musikfest, nicht nur zu Ihrer Vorgängerin, sondern auch zu ihm gehalten. Wer hätte auch geahnt, daß Ihre Vorgängerin derart gegen den Bewässerungsinspektor wüten könnte? Sie schien so glücklich, als sie, kurz vor Mitternacht, ins Festzelt hereinkam, die Kinder verkleiden sich immer ein wenig zu diesem Anlaß, aber auch sie hatte hellgrüne Rebenschößlinge im Haar und eine dieser weißen Gazebinden vor dem Mund, die sonst beim Spritzen getragen werden. Sie tauchte mitten in einer Tanzpause auf, wir hätten sie nicht sogleich erkannt, wenn sie nicht geradeaus auf den Bewässerungsinspektor zugegangen wäre, der ihre weiße Mundbinde anstarrt, während sie sich tief verneigt, so daß die Rebenschößlinge in ihrem Haar sein Akkordeon kitzeln, sie fordert ihn zum Tanz auf, den Bewässerungsinspektor! der doch im Kanalhaus den Tanzboden hatte herausreißen lassen. Aber zum Erstaunen aller steht er auf, berührt mit der Hand vorsichtig die leise schwankenden Rebenschößlinge um ihr Gesicht, Ihre Vorgängerin beginnt im Takt mit der trommelartig einsetzenden Musik zu tanzen, und auch der Bewässerungsinspektor tanzt, wenn auch noch etwas schwerfällig, zu der bald jagenden Musik, aber unmittelbar darauf, noch vor der Tombola, ist das Schreckliche geschehen. Was ist geschehen! sage ich, was! Erinnern Sie mich nicht daran, sagt die Verwalterin, es war schon Schande genug, daß die Jungen des Dorfs, die sonst jedes Fest hier oben meiden und auf ihren Motorrädern nächtelang durch die Ebene rasen, alles mit angesehen haben. Plötzlich standen sie, schweigend, unter dem Eingang des Festzelts, was für ein Triumph muß es für sie gewesen sein, den Bewässerungsinspektor, der immerhin das gefürchtetste Amt innehatte, in seinem abstoßenden Treiben zu entdecken, mehrere Minuten lang sah man den Zigarettenglimmer der Jungen noch in der Nacht draußen, dann brausten sie auf ihren Motorrädern davon. Im Festzelt indessen ist es schwül, man schlägt die Zeltöffnung noch weiter auseinander, aber kein Wetterleuchten kündet sich hinter den Gebirgskämmen an, nicht einmal die dürren Grashalme bewegen sich. Die Tombola will nach dem Aufruhr nicht recht in Gang kommen, obwohl eine verlockende Pyramide von Konservenbüchsen, Trockenfleisch und Tüllpuppen aufgebaut ist, überlaut werden die Lose ausgerufen, auch die Akkordeongruppe, die dazwischen in ihren neuen glänzend violetten Hemden auftritt, vermag die Stimmung nicht zu heben. Doch auf einmal ruft ein Kind, Tropfen! Tropfen! und als könnte nichts anderes als nur noch eine reinigende Regenflut das Fest retten, stürzt alles vor das Zelt hinaus, Bänke werden umgeworfen, in diesem allgemeinen Gedränge muß auch der Bewässerungsinspektor entkommen sein, tatsächlich aber fallen draußen die ersten Tropfen, und erst jetzt wird man der riesigen schwarzen Wolkenlast über dem Festzelt gewahr, die sich anscheinend ohne Gewitter zu entladen beginnt. Langsam begibt sich alles wieder in das hellerleuchtete Zelt hinein, einige der Kinder rennen noch wie elektrisiert in der Dunkelheit herum, und während drinnen die ersten erhobenen Gläser zusammenstoßen, geht ein ungeheurer Platzregen auf das Zeltdach nieder. Das anfängliche Prasseln verdichtet sich zu einem gewaltigen Rauschen, die Zeltwände blähen sich, durch irgendwelche Ritzen platscht der Regen in kleinen Bächen herunter. Haltlose Freude über das langersehnte Naß hat alle ergriffen. Erst viel später, als das Prasseln des Regens längst schwächer geworden ist, beginnen die ersten aufzubrechen, und mit einer Gruppe von Frauen, die den Friedhofshügel hinunterläuft, gehe auch ich nach Hause. Unsere Genugtuung über den nun still und stetig fallenden Regen ist so groß, daß ich nicht auf das flaue, zugleich stechende Gefühl im Magen achte. Doch kaum habe ich mich hingelegt, kriecht eine eisige Kälte in mir hoch, ein Schüttelfrost erfaßt mich, daß mir die Zähne gegeneinanderschlagen, und unter krampfhaftem Würgen beginne ich zu erbrechen, unaufhörlich zu erbrechen, kalter Schweiß rinnt mir übers Gesicht, die Stiche im Magen nehmen zu, als würde ich von Messern zerschnitten, ich krümme mich am Boden, ich schleppe mich bis zur Tür, um eine der Nachbarinnen zu Hilfe zu rufen, aber die Stimme versagt mir, auch wirkt das nächtliche Dorf so verlassen nach dem Fest, als wären alle in unentrinnbaren Schlaf gesunken, und der Regen strömt immer noch gleichmäßig und verschluckt jedes Geräusch. Meine Kraft reicht nicht einmal mehr bis zum Bett, auf dem Gang bin ich zusammengebrochen und erst gegen die Frühe durch neue Krämpfe und nun Erbrechen bis aufs Blut geweckt worden. Da sehe ich, an die Spülung geklammert, durch das schmale Abortfenster, ein Licht im Observatorium brennen. Jäh durchfährt mich der Gedanke, wie wohl Ihre Vorgängerin diese Nacht zugebracht hat, ich sehe wieder ihr Gesicht am Musikfest vor mir, das Blau ihrer Augen wirkte schwarz vor Zorn, und ist es überhaupt nicht merkwürdig, daß wir beide, Ihre Vorgängerin und ich, jene Nacht meiner Vergiftung gemeinsam durchwachten, während das Dorf in tiefem Frieden schlief? Denn wirklich handelte es sich um eine Vergiftung, das hat später der Werkarzt ausdrücklich festgestellt, eine Vergiftung, allein dadurch verursacht, daß ich, um rechtzeitig vor dem Musikfest fertig zu werden, beim letzten Aufbinden der Reben die grünen Kunstbastbändel in der Eile zwischen die Lippen gepreßt hatte. Am Vortag waren die bereits zur Hälfte hinaufgebundenen Reben gespritzt worden, aber wer käme auf die Vermutung, daß eine so kleine Menge Gift derartige Verheerungen im Menschen anrichten könnte? Wenn es mir schon so ergangen ist, dachte ich, wie wird es da erst den Rebstöcken ergehen! Lange noch blieb ich in jener Nacht an die Spülung geklammert, immer fahler brannte in der Dämmerung das Licht im Observatorium, bis es im heraufkommenden Morgen verblaßte. In den folgenden Tagen nahm das seltsame Wüten Ihrer Vorgängerin gegen sich selbst seinen Anfang. Sie war in der Nacht des Musikfests zu sehr verwundet worden! Aber mußte nicht gerade ihr leidenschaftliches Zutrauen, das sie so strahlend in aller Blöße zeigte, den Bewässerungsinspektor zu einem dämonischen Einfall reizen? Als die Reben schon in hoher Blüte standen, und überall die zarten äußersten Triebe hellgrün im Wind schwankten, begann Ihre Vorgängerin ein Möbelstück um das andere vor dem Observatorium aufzuhäufen. Eines Mittags sah ich sie, schon von weitem, sogar ihre Matratze vor das Haus tragen, und wie ich, trotz der Hitze, den Observatoriumshügel hochkomme und sie frage, ob sie sich denn auch noch des Betts entledigen wolle, sagt sie aufgebracht, sie könne auch im Schrank schlafen. Im Dorf mutmaßte man, daß sie die Möbel aus dem Observatorium hinauswarf, weil sie dadurch an den Bewässerungsinspektor erinnert würde. War er nicht einmal, an ihrem Tisch, den Kopf auf den Armen, eingeschlafen, hatte er ihr nicht, im stets etwas schiefen Liegestuhl, das erste Mal auf dem Akkordeon vorgespielt? Ich kann, rief Ihre Vorgängerin, den Anblick dieser Möbel nicht mehr ertragen! Aber offenbar hatte man den Sperrgutdienst bereits über den absonderlichen Zustand Ihrer Vorgängerin verständigt. Jedenfalls haben sie alles mitgenommen, nur das Bett ließen sie einfach vor dem Observatorium stehen, und an einem Sommerabend, als Ihre Vorgängerin eben durch die Rebberge vom Aluminiumwerk heraufkam, habe ich es mit ein paar Frauen kurzerhand wieder hineingestellt. Die Verwalterin schaut plötzlich von ihrem Stickrahmen auf. Alle müssen wir, sagt sie, durch so etwas hindurch.

Ich lasse nachts nun oft die Tür zur Veranda hinaus offen, die Konturen des Observatoriums lösen sich auf in der Dunkelheit, oder sehe ich das fahle Licht meiner Vorgängerin brennen? Aber ich stehe selbst am Fenster, immer von neuem bin ich aufgestanden, aus großer Höhe schaue ich auf das nur spärlich erleuchtete Häusermeer hinab, ich bin in der Hauptstadt! Ein gelber Schein zuckt über den Horizont. Für Sekundenschnelle flammt die Linie der Westberge auf, dann verdecken orkanartig hochwirbelnde Staubschleier die Sicht. Von der breiten Avenue dringt kein einziges Geräusch mehr bis zu mir, und plötzlich bemächtigt sich meiner, nach der Aufregung, dem Außersichsein der Ankunft, eine ungeheure Verlassenheit. Nirgends sehe ich in der Tiefe ein Licht hinter den Staubwolken, und in dieser Höhe, im fünfzehnten Stock, kreist nur noch der leere Nachthimmel. Nie wieder werde ich vom Schwarm vieler Stimmen aufgesogen und auf die Ladenstraße hinausgespült werden, mitten hinein in das Gewühl der Menge. Dieses durchaus freundliche doch zielbewußte Vorwärtsgestoßenwerden ist mir so neu, daß ich hell auflache, die Erde muß sich geöffnet haben, Bevölkerungen von Jahrhunderten drängen an die Oberfläche, aus fremden Zeitaltern aufgetauchte Gesichter, glänzende Augenpaare, je unnachgiebiger zahllose Ellbogen und Schultern sich an mir vorbeischieben, desto weiter wird mir, fließt nicht ein Kontinent durch mich hindurch? Du faßt mich an der Hand, sonst verlieren wir uns, sagst du, so groß erscheint mir diese Gefahr zwar nicht, mit übersteigerter Aufmerksamkeit nehme ich wohl alles um mich wahr, aber meine Augen suchen vor allem dich, ich kann mich nicht sättigen an deinem völlig verwandelten Gesicht, deiner Lebhaftigkeit, deinem ausgelassenen Lachen, deinen unvermittelt auf mir verweilenden Blicken. Du beschließt eine Brille zu kaufen und ziehst mich eine Treppe hinauf, zwischen verschiedenen Tischchen mit ausgelegten Brillen bittet man uns, Platz zu nehmen, ich wünsche eine Brille mit changierendem Licht, sagst du sehr bestimmt, du setzt auch schon eine auf und starrst mich an, das ist jetzt Mode, flüsterst du, und probierst eine weitere, die Gläser bläulich beschlagen, wie findest du das? Aber ich sehe nur mich selbst darin widergespiegelt, in die Länge gezogen wie ein Schatten, und der karge Ladenraum dahinter scheint unermeßlich. Natürlich hast du gar kein Geld bei dir, wir eilen wieder die Treppe hinunter, ich muß mir unbedingt eine Brille mit changierendem Licht zulegen, rufst du, von neuem sind wir mitten im Gewimmel der Händler und Passanten, das stürmische Geklingel von steckengebliebenen Fahrrädern wird laut, du drückst noch fester meine Hand, du bist wie von etwas freudig Fieberhaftem erfaßt, jetzt, sagst du, erst jetzt bist du in der Hauptstadt! Ich möchte eine Teetasse kaufen, eine mit einem Deckel, wie sie die Leute hier beim Gang zur Produktionseinheit aufs Fahrrad binden. In einem dunklen Laden stehen wir Schlange, überall von den Regalen schimmern die Tassen, mit einem winzigen Loch im Deckel, damit der Dampf abzieht, ich zeige auf eine schlichte von blaßgelber Farbe, aber du dringst auf eine prunkvolle, mit dunkelroten Chrysanthemen auf weißem Grund und hauchdünnen Schmetterlingen, du verhandelst über den Ladentisch hinweg, die Verkäuferin dreht sich fragend nach mir um. Eine

Tasse, bedeute ich mit dem Finger, eine, überrascht schaust du mich an, nur eine Tasse willst du kaufen, fragst du leise, bei uns trinkt man den Tee immer zu zweit. Tiefe Beschämung flutet in mir hoch, ich nicke, ja, zwei, du wendest dich wieder der Verkäuferin zu, die mit kaum verfolgbarer Geschicklichkeit die Tassen einpackt und mit feinen Schnüren zusammenbindet, wir gehen ins helle Tageslicht hinaus, immer noch fühle ich die Röte auf meinem Gesicht, als hätte ich durch einen einzigen Fingerzeig meine ganze eigene Zivilisation entblößt. Ich streiche über die Schmetterlinge auf dem Deckel, deren erhöhte Umrisse zart zu spüren sind, die Teeblätter haben sich im Luftzug bewegt, der durch das schräggestellte Fenster hereindringt. Es ist mir beim Abendessen, das in der Halle des Volkes stattfand und einem wahren Bankett glich, nicht entgangen, wie man uns möglichst entfernt voneinander hingesetzt hat, und doch wieder so nah, daß wir vollkommen beobachtbar sind. Mit jedem neuen Gang sammelt sich heiße Traurigkeit in mir an. Frühlingsrollen werden angeboten, man trinkt auf die Freundschaft der Völker, der Palast mit den weitoffenen Sälen für jede Provinz des Landes hat etwas Überwältigendes, der Widerschein der Deckenleuchter glänzt in deinen Augen und mischt sich mit der Erregung, diesem Volk anzugehören, das die Welt in Erstaunen versetzt. Ich bedenke deinen hochgeschlagenen Kragen mit heftigen Vorwürfen, daß er mir deine warme Halsfarbe so sehr entzieht, während du die Berühmtheiten aus dem Parteileben fixierst, die gebrochen, zitternd ihr Gläschen Reiswein erheben. Eine Unruhe regt sich in mir, als würde ich von dem beseligenden Anfang des Erkennens, das mich neben dir im Gewimmel der Ladenstraße ergriff, abgetrennt für immer. Die Flügeltüren hinter uns haben sich geschlossen, nur noch die Parteitribüne ist beleuchtet, ein paar Greise werden, von jungen Mädchen beidseitig gestützt, im Scheinwerferlicht an ihre Plätze geführt, wo sich einige sofort der bereitstehenden Teetasse bemächtigen, andere lassen sich wie Mumien niedersetzen. Dem Vorsitzenden wird für die Rede ein kleiner Schemel unter die Füße geschoben, Genossen und Freunde, ruft er, mit vereinten Kräften müssen wir die Modernisierungen vorantreiben, unser Land würde in Unordnung geraten, wenn wir Unkraut und duftende Blumen gleichzeitig wachsen ließen, ohne gegen das Unkraut einen fortgesetzten, unnachgiebigen Kampf zu führen, die beste Waffe in diesem Kampf ist Kritik und Selbstkritik, zuerst in der Partei, dann in den Kadern, schließlich unter den Volksmassen, wir sind immer noch auf einem langen Marsch, einem Weg voller Hindernisse und Windungen, viele Lasten drücken uns, ganz zu schweigen von den Wunden. Der Vorsitzende fährt emphatisch mit dem Arm in die Luft, die Köpfe der eingeschlafenen Greise auf der Tribüne sinken immer tiefer über ihre Teetassen. Langsam erlöschen die Scheinwerfer, ein Mädchen verteilt, in einem

Körbchen, feuchte Handtücher. Aufgeschreckt drücken die Greise ihr Gesicht hinein, lange, das Mädchen wartet zaudernd, nicht mehr wie einst in den Teehäusern, sagst du, wo nach einer Vorstellung die heißen Tücher nur so herumgeflogen sein sollen und, nachdem man sich mit einer eleganten Bewegung, rasch wie ein Fächerschlag, den Schweiß getrocknet hatte, im Flug wieder zurückgeworfen wurden! Ist es nicht, sage ich, als wollte man sich jetzt darin vergraben? Aber du schaust mich spöttisch an, was wissen wir schon, vielleicht lachen sie hinter den Tüchern, ein letztes, nicht auszurottendes Gelächter! Auf der Parteitribüne ist es finster geworden. Ich sehe nicht einmal mehr die spärlichen Lichter der breiten Avenue. Durch die große Reise erschüttert, bricht ein Damm in mir, alle gelebte Unmöglichkeit stürzt ungestillt, mit Gewalt hervor, ein brennender Strom, es ist kein Schluchzen, denn noch im Schlaf weiß ich, niemand hört mich in diesem fünfzehnten Stock, niemand, niemand auf der Welt, es ist ein Schreien, ein mich versengendes Schreien, als erstickte ich an meinem eigenen Blut, das mir glühend aus den Augen, den Ohren, dem offenen Mund quillt. Ich erwache vom Klingeln des Telefons, geisterhaft in seiner Wirklichkeit, ich starre auf den Nachthimmel hinter dem schräggestellten Fenster. Ist denn schon der Aufbruch zur Fahrt an die Große Mauer? Aber der Horizont ist noch völlig schwarz, das Telefon klingelt weiter. Ohne Empfindung nehme ich den Hörer ab, eine zurückhaltende Stimme, es ist deine, fragt, du weinst? Ja, sage ich, ja, und fassungslos, müssen wir schon aufstehen? Noch nicht, sagst du, es ist erst ein Uhr nachts, und nach kurzer Pause, ich komme schnell hoch. Ich lege den Hörer auf und glaube, ich bin gestorben und in einer Welt erwacht, wo die getrenntesten Menschen auf unvorstellbare Weise zueinander gelangen können. Wie in einem Augenblick höchster Gefahr, wo Regungslosigkeit allein vielleicht rettet, rühre ich mich nicht, ich knipse nicht einmal das Licht an, ich hefte nur den Blick auf die Tür, als erwarte ich dort eine vernichtende Erscheinung. Tatsächlich geht die Tür auf, ich sehe zuerst nur die zwei weißen Pflästerchen im Dunkeln leuchten, dann mußt du den Lichtschalter gedrückt haben, aber stärker als die plötzliche Helligkeit erfüllen mich die zwei ungewohnten Pflästerchen, eins auf der Stirn und eins am Kinn, mit einem untrüglichen Wirklichkeitsgefühl. Ich habe dich geweckt! sage ich erschrocken, hast du mich denn gehört? Du lachst, die zwei Pflästerchen bewegen sich unwillkürlich dabei, was denkst du, ich schlafe im Parterre, aber die Liftjungen im Gang haben mich sofort verständigt, hast du ein wenig Tee? Leider habe ich alles Teewasser zum Zähneputzen verbraucht, du schüttelst den Kopf, aber dazu mußt du doch das kalte Wasser aus der anderen Karaffe nehmen, bei uns wird alles Wasser gekocht. Trotz meiner Verlegenheit, daß ich dir nicht einmal Tee anbieten kann, erfüllt mich unerklärliche Freude. Ich schlüpfe schnell in den Morgenmantel und setze mich auf mein Bett, du hast beim Fenster, im Sessel neben der Teetasse, Platz genommen und fragst laut, warum weinst du denn so? Im selben Augenblick begreife ich, daß dieser Tonfall für die Liftjungen auf dem Gang bestimmt ist, ich weiß es nicht, sage ich laut, es kam, ich hebe aus instinktiver Abwehr die Hand, aus einer versunkenen Zeit. Doch du stellst, als wäre dir meine Handbewegung vielmehr als dringliche Einladung erschienen, in derselben Tonlage, die fast etwas Schneidendes hat, weiter eine Frage um die andere, und ich, so unerwartet dir endlich nah, von Angesicht zu Angesicht in diesem seltsamen nächtlichen Verhör, beantworte alle deine Fragen, beantworte sie mit dem Verborgensten, Vergessensten meiner selbst. Eine Lust höchster Genauigkeit treibt mich, dir mein Bild möglichst schonungslos zur Betrachtung zu übergeben, als könnte ich so, es einem fremden Kontinent anvertrauend, von ihm erlöst werden. Je entschiedener deine Stimme die laute Tonlage einhält, desto grenzenloser wird die Besänftigung, die von dir auf mich übergeht, eine ruhevolle Zartheit lockt in deinen unentwegt auf mich gerichteten Augen, der ich mich, je sicherer meine eigene Stimme wird, desto besinnungsloser überlasse. Wir wissen nicht mehr, was wir einander mitteilen. Wir reden nur, mit hörbaren Stimmen, während in unseren Augen eine nie gekannte Lautlosigkeit wächst. Das Licht des Zimmers vermischt sich mit der fahlen Morgenhelligkeit vor dem Fenster, die Linie der Westberge beginnt zu glühen, die Klimaanlage rauscht. Du stehst vom Sessel neben der Teetasse auf. Auch im Nakken trägst du ein weißes Pflästerchen, hast du etwas, frage ich, auf der Haut? Du greifst dir rasch hinter den Kopf, als würden dir die Pflästerchen erst jetzt bewußt, es ist nichts als Reizbarkeit, sagst du, eine Nervosität, ich trage sie nur nachts. An der Tür drehst du dich nochmals um, bitte, schließ hier ab! Ich höre kaum mehr das Öffnen der Lifttür. Von der Avenue herauf klingeln die Fahrräder, ein Schwarm fröhlicher Fische, vom Meer her.

Die jüngsten Triebe der Reben sind jetzt von kräftigem Hellgrün, die unteren Blätter der Stöcke wirken dunkler, bei einem bestimmten Lichteinfall leuchten sie fast schwarz. Die Männer arbeiten halbnackt in der Hitze, überall werden die Schößlinge heraufgebunden, wie Strahlenbündel tragen die Frauen den grünen Kunstbast, um die sonnenverbrannte Taille befestigt, vor sich her. Eines Morgens stehe ich in der Veranda und schaue zum Observatorium hoch, verwundert über den Lärm, der sich eben hinter dem Hügel erhoben hat, auch wirken die Rebhänge im ganzen Umkreis vollkommen verlassen, als die Verwalterin bei mir hereinstürzt, warum schließen Sie die Fenster nicht! ruft sie, haben Sie die Anschläge nicht gelesen?! Vier Spritztouren sind heute angesagt, zum erstenmal mit dem Helikopter, sämtliche Motoren und Fahrzeuge mußten hereingenommen werden, aber was mache ich mit meinem Traktor, die Bremsen funktionieren seit Jahren nicht mehr! Ich habe zwar in der Hall Populaire, als das Helikopterkomitee gewählt wurde, darauf bestanden, daß der Observatoriumshügel auf keinen Fall auch nur überflogen wird, aber ob das jemand einhält? Die Verwalterin setzt sich erregt auf mein Bett. Vom Friedhofshügel steigt ein Helikopter auf, wendet, und fliegt langsam den Rebhängen östlich des Dorfes entlang, einen dichten gelblichen Schleier versprühend, der vom Wind sofort verweht wird. Das Knattern des Helikopters kommt näher, die Verwalterin preßt die Ohren zu, ich kann es nicht hören! schreit sie und drückt den Kopf zwischen die Knie, ich ertrage es nicht! Das Getöse des Helikopters ist jetzt so nah, daß ich kein Wort mehr verstehe, er umfliegt aber tatsächlich den ganzen Observatoriumshügel, dreht schon fast über der Ebene eine Schleife und kehrt zurück, ich fasse nach den Händen der Verwalterin, Ihren Reben geschieht nichts, sage ich, nichts! Sie schaut auf und schüttelt den Kopf. Es ist wie bei jenem Vernichtungsflug, an einem Sommermorgen, vor vielen Jahren, sagt sie, als ganze Rebberge von einem Helikopter mit Sprühmitteln vollkommen verwüstet wurden. Die Leute vom Dorf waren alle bei der Regenprozession auf die Voralp, ich allein blieb zurück und wußte zuerst überhaupt nicht, was der plötzliche Lärm des Helikopters bedeuten sollte, und als ich schließlich zum Telefon rannte, merkte ich, daß die Leitung unterbrochen war, inzwischen hatte der Helikopter bereits sein Vernichtungswerk beendet. Der vom Staat aufgestellte Rebbaukataster war hier immer aufs heftigste mißachtet worden, man hat stets weit über die gesetzlich festgelegte Zone hinaus angepflanzt, niemand hätte eine derartige Sanktion je für möglich gehalten. Der Pilot des Vernichtungsflugs, ein berühmter Gletscherpilot, durfte sich nicht mehr in dieser Gegend blicken lassen, er hätte ein schlimmes Ende genommen! Die Verwalterin ist aufgestanden und blickt zum Observatoriumshügel hoch, draußen herrscht im Augenblick ungestörte Stille. Es sind weitere Flüge vorgesehen, sagt sie, für die Rebsektoren an den unteren Hängen, sie wendet sich zur Tür. Ich verlasse hinter ihr das Kanalhaus, bei der ersten Rebzeile bückt sie sich, berührt fast zitternd die Blätter, nichts, ein Aufleuchten geht über ihr Gesicht, kein Tropfen! sie dreht weiter die Blätter, als könnte sie ihre Unversehrtheit nicht fassen. Hier, sagt die Verwalterin, und zeigt auf ein Auge im Stiel, ist alles schon im kleinsten vorbereitet für das nächste Jahr, bis ins siebte Blatt! sie bückt sich von neuem. Dann richtet sie sich auf. Ich möchte gern noch etwas bei Ihnen sitzen, sagt sie, ihr von der Sonne gegerbtes Gesicht wirkt plötzlich erschöpft. Wir gehen ins Kanalhaus zurück, wortlos setzt sie sich wieder auf mein Bett. Ich habe mein Aufnahmegerät vom Schrank heruntergeholt und auf den Fenstersims gestellt. Bald werden Sie in den

Nächten die Wassersprenger hören, sagt die Verwalterin, für Sie wird es ein Schauspiel sein, aber ich höre manchmal, an heißen Nachmittagen, den Ton der Wasserschlegel wieder. Über der Ebene kreist der Helikopter, ich drehe mich fragend nach der Verwalterin um, ihre dunklen Augen blicken wie fremd in ihre eigene Gegenwart. Wenn ich früher vom Aluminiumwerk die Rebberge heraufkam, sagt sie, vermochte nichts so sehr meine Müdigkeit zu verscheuchen, wie dieser von den Gebirgswänden herabdringende Ton der Wasserschlegel, ich hörte das kurze, harte Tak, Tak und kehrte zurück in die Gewißheit, daß in großer Höhe das Wasser floß, wie vor Jahrhunderten, von den Gletschern hergeleitet bis zu den Alpwiesen und hinab zu den Rebbergen, ich fühlte mich als ein Glied in jener langen Reihe Verstorbener und noch Lebender, die um das Wasser gekämpft und es unter äußerster Gefahr in ausgehöhlten Baumstämmen den Felsen entlanggeführt hatten. Blieb einmal der Ton eines Wasserschlegels aus, blickten alle beunruhigt die Gebirgswände hinauf, dann war irgendwo das Wasser ausgeflossen und nächtelang lief man die Leitungen ab, um die Beschädigung zu entdecken. Die ganze Wässerordnung war ungeheuer kompliziert, für den, der nicht damit vertraut war, dauerte es Jahre, bis er seine Rechte kannte, auch wurde nach den alten Sonnenzielen und Schattenzielen gewässert, die natürlich im Verlauf des Sommers den feinsten Veränderungen unterlagen. Wenn das schmale Felsband, senkrecht über dem Dorf, in der Frühe vom ersten Sonnenlicht beschienen wurde, wußte ich, jetzt leiten sie das Wasser auf unsere zwei Roggenäcker. Mitten im Lärm der Kantine schaute ich unverwandt auf das sonnenbeschienene Felsband, in der Kantine des Aluminiumwerks ist es immer sehr laut, sie befindet sich in unmittelbarer Nähe der Walzwerke, aber ich hörte nur das Hochgehen der Wässerplatte, das Aufsprudeln des frei gewordenen Wassers, das eilige Plätschern, Rieseln, Versickern. Der Helikopter fliegt jetzt gegen die Rebhänge über der Schlucht. Die Verwalterin bleibt auf meinem Bett sitzen. Aber was übernehmen, sagt sie, was endgültig zurückweisen? Sie kratzt die magere faltige Haut ihres Ellbogens, während ihre Augen mit einem Ausdruck von Trauer und Neugier auf mir ruhen. Heute wird das Wasser gepumpt, fährt sie fort, bald werden Sie das Rotieren der Wassersprenger hören, doch was wird aus Ihrer Musik? Rot leuchtet das Observatorium auf dem Hügel. Unannehmbar rot. Ich stelle mir eine Musik vor, sage ich, die nicht eigentlich das ist, was wir Musik nennen, sondern eher wie das Rauschen der Stille. Die Verwalterin schweigt. Ein inneres Lächeln geht durch ihre Augen.

Seit Wochen ist der Weg zum Aluminiumwerk erfüllt vom Schwirren, Zirpen und Knarren der Grillen. Manchmal, wenn ich lange reglos zwischen den Steinen sitze, zeigt sich eines der Tierchen, mit gespreizten Beinen drückt es die winzige Brust gegen den Boden, hebt die glasartigen Flügeldecken und wetzt sie mit ungemeiner Heftigkeit gegeneinander. Der schrille Gesang lockt bald andere Grillen aus ihren Löchern, oft fallen sie übereinander her, stoßen wild die gepanzerten Köpfe gegeneinander und legen sich gegenseitig auf den Rücken, kaum aber bewege ich nur ein wenig den Fuß, rasen sie in ihre Verstecke, für einen kurzen Augenblick ist das Gezirpe unterbrochen, bis es hinter meinem Rücken nur um so durchdringender wieder anhebt. Heute aber scheint das Knarren schwächer, der Gesang weniger vielstimmig. Eine Staubwolke in der untersten Kurve kündet den Wagen des Metzgers an. Jetzt erst sehe ich das Kind mit dem alten Puppenwagen den Weg heraufhetzen, aber der Metzger hat es schon eingeholt, er reißt die Wagentür auf, springt heraus und beugt sich über den lotterigen Puppenwagen, es sieht ganz so aus, als wolle er dem Kind den Puppenwagen entwenden, da höre ich das laute Aufweinen des Kindes und sehe, wie es sich mit dem ganzen Körper über den Puppenwagen wirft. Der Metzger läßt von dem Kind ab, sofort stößt es mit verzweifelter Hast den Puppenwagen weiter den Weg herauf, angstvoll richtet es beim Näherkommen seine Blicke auf mich. Der Puppenwagen ist angefüllt mit aufeinandergeschichteten toten Vögeln, ihrer Größe nach kaum ausgeflogen, starr stehen die feinen Krallen von der hellen Bauchseite ab. Warum sind sie denn alle tot, frage ich, aber ohne daß ich mich dem Puppenwagen auch nur einen Schritt genähert hätte, wirft sich das Kind von neuem mit ausgebreiteten Armen über die toten Vögel. Ich laufe zum Metzger hinab, der bei offener Tür in seinem Wagen sitzt. Er streckt den Arm aus, man kann sie überall zusammenlesen, es wimmelt nur so von toten jungen Vögeln, wie hätten sie sich auch rechtzeitig vor dem Helikopter retten können? Das Kind ist mit seinem Puppenwagen zwischen den Rebzeilen verschwunden. Der Metzger kontrolliert den Fleischberg im hinteren Teil des Wagens, wissen Sie schon, daß das Musikfest verschoben worden ist? Wieso, sage ich, auf wann denn, der Metzger kneift ein Auge zu, bis kurz vor die Traubenernte, ein grandioser Einfall, das müssen Sie zugeben, das Musikfest fällt so genau mit dem Jubiläumsfest des Aluminiumwerks zusammen! Natürlich wird sich niemand vom Dorf beim Jubiläumsfest blicken lassen, vor den Vertretern des Aluminiumwerks hingegen wurde behauptet, ein Fest erhöhe den Glanz des andern, auch hätten die neuen Spritzmethoden mit dem Helikopter das Dorf bis jetzt zu sehr beansprucht, zudem wolle man die Renovation des Observatoriums noch vor dem Doppelfest abgeschlossen haben, überhaupt spräche die Tatsache, daß das Ende der Traubenernte gar nicht mehr wie früher gefeiert würde, dafür, daß wenigstens das Musikfest den Auftakt bilde, und man erwarte in jeder Hinsicht von dieser Verschiebung Erfreuliches. Der Metzger läßt den

Motor an, im Davonbrausen winkt er, glauben Sie nicht auch?

Der Arbeiter, der mich heute vom Foyer in die Pergola führt, ist sehr jung. Er redet kein Wort. Wenn ich ihn etwas frage, lacht er unaufhörlich und bedeutet mir mit lebhaftem Kopfschütteln, daß er nicht das geringste verstehe. Während des Überspielens blickt er mehrere Male interessiert auf mein Aufnahmegerät, aber als ich ihm sage, um welches Geräusch es sich eben handelt, lacht er nur von neuem übers ganze Gesicht. Ins Foyer zurückgekehrt, drücke ich den Wunsch aus, die Werkhallen zu besichtigen, in denen die Musik später gespielt würde. Man teilt mir mit, die Direktion sei im Moment beschäftigt, auch hätte das Aufsichtspersonal strikte Anweisung, niemand in die Werkhallen vordringen zu lassen, man zeige mir aber gern die Ausstellung mit den Erzeugnissen des Werks, hier, in den Vitrinen. Ich lehne dankend ab, nein, den Hergang, die Entstehung wolle ich sehen und die Orte, wo einmal meine Musik, wahrscheinlich sogar bald, erklingen werde. Man begleitet mich bis zur Tür des Foyers, es ist zu gefährlich, Sie müssen verstehen, es tut uns leid, draußen schlägt mir eine Staubwolke entgegen. Jemand hat gerade mit Wucht einen Teppich gegen die linke Eingangssäule sausen lassen. Es ist die Frau mit den auffälligen Ohrringen, der das Grab des Bewässerungsinspektors in die Küche hereinschaut. Aber sonst haben

Sie das Foyer doch immer durch die Pergola verlassen, ruft sie, jetzt sind Sie voller Staub! Kommen Sie zur Teppichstange, unten am Fluß, da bürste ich Sie aus! Über der Eisenstange am Ufer hängt der lange Gangteppich des Foyers, die Frau mit den Ohrringen fährt mir energisch mit der Bürste über Schultern und Hals, dann greift sie nach dem Teppichklopfer und schlägt auf den Gangteppich ein. Der Staub wirbelt vor dem Grün des Flusses hoch, die Frau dreht sich nach mir um, bleiben Sie doch noch ein wenig, dieser Staub ist ungefährlich! Bis zum letzten Winter, fährt sie während des eiligsten Klopfens fort, haben die Arbeiter ihre mitgebrachten Brote mitten im Staub, neben den offenen Öfen des Werks, gegessen, noch sind längst nicht alle Öfen vorschriftsgemäß eingekapselt, das wissen Sie inzwischen bestimmt, das Werk befindet sich in einem völlig gesetzwidrigen Zustand, aber der Werkarzt hat auf einer öffentlichen Versammlung behauptet, alle gemeldeten Atmungsstörungen, Gelenkschmerzen, Unterleibsbeschwerden stammten samt und sonders von Simulanten, vorwiegend Ausländern, die ihre Krankheitstage zu nichts anderem als einer Reise über die Grenze benützen würden, und den jungen Volontär, der nach zahlreichen Untersuchungen überall dieselben chronischen Fluorvergiftungen festgestellt hatte, machte er als Fanatiker lächerlich, helfen Sie mir doch, den Teppich herunterzuziehen! Nach mehreren gewaltigen Rucken liegt der Teppich am Boden. Wir rollen ihn ein, die Frau mit den auffälligen Ohrringen setzt sich darauf, nehmen Sie ein Weilchen Platz, sagt sie, die Tage sind jetzt so unverrückt blau, daß einem das Blau beim Aufstehen fast unheimlich wird, die Fremden, die auf die Gebirgsplateaus hinauffahren, bewundern das sehr, was wissen die von dem Gift in der blauen Luft? Ich komme heute nicht dazu, meine Kassetten in den Fluß zu werfen. Unruhig schaue ich zur Brücke hinüber, eine panische Ahnung der Unentrinnbarkeit befällt mich. Früher hatten wir am Bewässerungsinspektor einen gewissen Halt, sagt die Frau mit den Ohrringen, seine Attacken gegen das Aluminiumwerk kamen zwar meist völlig unerwartet, so als rebellierte er weniger gegen tatsächliche äußere Zustände, als vielmehr aus einer inneren persönlichen Auflehnung heraus, aber er war einer der letzten Unabhängigen, die nicht durch Landverkauf oder Schweigevertrag an das Werk gebunden waren. Zahlreiche Kläger im Dorf, das haben Sie sicher gehört, sind durch einmalige Abfindungssummen zu lebenslänglichem Schweigen verpflichtet worden, doch bereits vor der Verkleidungsgeschichte war ein merkwürdiger Umschwung beim Bewässerungsinspektor festzustellen gewesen, viele behaupten, es hätte am Abend jener Aktionärsversammlung begonnen, da er vor der anwesenden Direktion eine Rede halten durfte, durfte! wie der Bewässerungsinspektor selbst später nicht genug betonen konnte, er vergaß sich vollkommen bei dieser Rede, holte weit aus, wie das Aluminiumwerk die karge Gegend hier aus dem Elend herausgezogen hätte, daß ein neues Zeitalter angebrochen sei und allen Pionieren, welcher Art auch immer, gelte seine uneingeschränkte Bewunderung. Mehrere Male soll er an jenem Abend auf die Direktion das Glas erhoben und in einem Zug geleert haben, bei Tagesanbruch fand man ihn betrunken am Flußbord liegen, bis zu den Waden hinauf im Wasser, die starke Strömung hatte ihm seine schwere ausladende Winterhose einfach fortgeschwemmt, in den bloßen weißen langen Unterhosen mußte er die Böschung hinaufgezerrt werden, und in seinem Rausch grölte er beständig, er sei eine bessere Behandlung gewöhnt, die Direktion des Aluminiumwerks habe ihn stets respektvoll behandelt, äußerst respektvoll! Unglücklicherweise mußte ich gerade über die Brücke kommen, als man ihn in seinen langen weißen Unterhosen aus dem Wasser herauszog, er fuchtelte mit dem Zeigefinger und lallte, respektvoll, äußerst respektvoll! Und er war ein so geselliger Mann! Die Frau starrt über den Fluß hinweg und hält wie krampfhaft ihre Ohrringe fest. Plötzlich greift sie mit der einen Hand nach der Teppichbürste, der Stein des mir zugekehrten Ohrrings, zweifellos ein Granat, blitzt wie Blut im Licht, ich beuge mich leicht vor und frage, fallen Ihnen die Ohrringe ab, die Frau löst langsam die Hand vom anderen Ohr und schaut mich an, sie waren ein Geschenk des Bewässerungsinspektors.

Die Verwalterin hat mir gestern gesagt, man dränge auf meinen Entscheid, wie der Verputz des Observatoriums nun ausfallen solle, man beabsichtige, in den nächsten Tagen mit der Renovation zu beginnen. Ich sitze zwischen den offenen Flügeltüren meines Schranks, den Blick auf das Observatorium gerichtet, das langsam von der Dämmerung verschluckt wird. Unerträglich erschien mir sein Rot vom ersten Augenblick an, eine tägliche Verfolgung, doch unvorstellbar ist mir jede andere Farbe. Es kann uns nicht gleichgültig sein, was Sie dazu meinen, sagte die Verwalterin, Ihre Vorgängerin hat diesen Verputz gewollt, es betrifft letztlich vor allem Sie. Das Rot des Observatoriums schreckt mich wie ein verborgener Teil meiner selbst. Ich will, daß dieses Verborgene keine Herrschaft mehr errichte, jeder Traum gehört dieser Welt. Aber zuinnerst warte ich, in einem hohen, glasüberdachten Bahnhof, leer stehen die vielen Bambussessel in der Halle herum, mein Kleid ist feucht, feucht und schwer von der Luft des Südens. Über dem Hallenglasdach bricht die Dämmerung so rasch herein, als wäre es unversehens hinweggezogen worden und flutete nur noch der Abendhimmel über den Bahnhof hinweg. Ich lehne, halb im Warten, halb im Schlaf, den Kopf zurück. Da sehe ich dich, endlich! in einem dicht besetzten Boot die Bläue heraufkommen, die Anzahl der im Boot zusammengedrängten Menschen ist so groß, daß die geringste Bewegung unmöglich scheint, und doch drückst du, mit ungestümem Begehren, ein Mädchen an dich, dein Kinn ist an seine Stirn gepreßt. Das Boot gleitet über meinem Kopf dahin, es zieht die Strömung des dunkelnden Himmels hinab, schon vermag ich dich nicht mehr von dem Mädchen zu unterscheiden, die blauen Kittel und Hosen lösen sich auf in der Nacht. Allein bleibe ich in der Bahnhofshalle zurück, zwischen den leeren Bambussesseln, den Kopf weit zurückgelehnt, voller Schmerz? Voller Gewißheit? Voll dieses Brennens der Herkunft in mir, und doch eine ganze fremde Welt umarmend. Denn einmal, in der Frühe, einen einzigen Augenblick, oder jenseits aller Zeit, war ich in deinen Augen zu Hause. Ein stark anschwellendes und kurz verrauschendes Zischen weckt mich, gleichmäßig kehrt es wieder, aus allen Himmelsrichtungen. Ich renne, im bloßen Nachthemd, auf die Veranda hinaus. Die Gegend ist gespenstisch erhellt von den wie ins Unendliche fortschießenden Strahlen der in langen Reihen rotierenden Wassersprenger. Noch ist der Mond über den Gebirgsplateaus nicht heraufgestiegen, nur ein durchsichtiger Schein säumt die Ränder, aber er genügt, um die stets in einer halben Drehung begriffenen Wasserstrahlen wie weiße Schleier durch die Nacht wehen zu lassen. Ich schlüpfe in meine Jacke, nehme rasch das Aufnahmegerät an mich und eile hinaus, der Weg glänzt vom niederprasselnden Wasser. Je länger ich durch die Rebberge laufe, desto vermischter, drängender wird das in der Nähe nun fast harte Zischen der

Wassersprenger, bis es, von Rebhang zu Rebhang verstärkt, fast in ein Rasen übergeht. Später nimmt es leicht ab, rauscht in der Ferne weiter, hinter dem Dorf erstrecken sich einige Sektoren noch still und unbewässert. Aber meine Jacke tropft vor Nässe, über meine Hände, über mein Gesicht rinnt das Wasser, ich strecke mich, unbändig vor Lust. Im Dorf sind noch ein paar Fenster matt erhellt, im Lampenschein sehe ich die alten Frauen sich im Unterrock über die Betten beugen, sie haben wohl vergessen, in der Hitze die Läden zu schließen. Auch dort, wo die Wohnungen schon dunkel sind, stehen die Fenster weit offen.

Die Nächte sind jetzt, vom unaufhörlichen Rotieren der Wassersprenger, hell und unruhig. Ich liege oft wach im Bett, das erregte Zischen der Wasserstrahlen geht im Halbschlaf in eine Brandung über, ich werde morgen das Meer sehen, ich höre schon die Flut sich am Ufer brechen, aber es sind nur die millionenfachen Geräusche der Hafenstadt. Ein schwacher Lichtschein kommt vom Boden des Zimmers her. Ich habe die Lampe unter das Bett gestellt, man hat mich vor den großen Schaben gewarnt, die nachts aus allen Ritzen kriechen, sie würden jedoch das Licht scheuen, ich solle die Lampe brennen lassen, nun sind auch die vier Reisschüsselchen neben dem Bett von unten her beleuchtet. Mehrmals ist heute einer der Liftjungen mit einem Reisschüsselchen aufgetaucht, als würde ich hier verhungern, überhaupt standen sie alle Augenblicke ohne Anklopfen mitten im Zimmer, lachten aus ihren schwarzen Augen heraus, zogen etwas an den Kissen zurecht, suchten meine Sandalen unter dem Bett, wechselten das gekochte Wasser, prüften die Reisschüsselchen, verschwanden mit Wäsche und waren im Handumdrehen wieder da. Bin ich denn krank? Es ist doch nur Angst, jede Stunde wachsende Angst, Gefahr zu bringen, todbringende Gefahr, auch wenn du nicht mehr bei mir bist. Die Lautlosigkeit, die ich in deiner Nähe als strahlende Verschwörung empfand, sinkt jetzt wie Finsternis um mich. Ich wehre mich auch nicht mehr gegen die schmerzenden Glieder, das Sausen vor den Augen, ich bin angesteckt, verseucht, entzündet von diesem unermeßlichen Land, dem Verlangen nach dir, der Sintflut. Nur der Stein aus dem zerstörten Garten des Alten Sommerpalasts ist mir geblieben. Man brachte früher der westlichen Gartenarchitektur große Bewunderung entgegen, vor allem den Fontänen, sagst du, das Herrscherhaus ließ diesen besonderen Garten ganz im Stil westlicher Anlagen errichten, mit Hecken, Säulengängen, Terrassen, Balustraden, doch vor allem mit Fontänen der ausgefallensten, kühnsten, überraschendsten Art. Es war keiner der üblichen Gärten des alten Reichs mit dem ungeheuren Pflanzenreichtum, der auch daher rührt, daß die östliche Hemisphäre, im Gegensatz zur übrigen Welt, von der letzten Eiszeit weitgehend verschont blieb, nein, hier fanden sich auch nirgends künstlich aufgeworfene Hügel, bizarre Felsformationen, keine bald eng, bald breit sich dahinschlängelnden Kanäle, keine Pinie, kein Bambus, keine Orchidee, dafür die bewunderte fremde Geometrie, gekrönt von den erfindungsreichsten Fontänen, mit Wasserorgeln und beweglichen Statuen. Doch ausgerechnet dieser Garten der vollkommenen Helligkeit, wie er genannt wurde, ist von den westlichen Besatzungsmächten durch Kanonenfeuer zertrümmert worden, hier, willst du diesen Stein? Der Stein ist von längst verkalkten Flechten überzogen. Du drückst mir den Stein in die Handfläche, du hältst mich auch sonst fest an der Hand, obwohl es durchaus nicht nötig wäre, der zerstörte Garten ist ein Tummelfeld für Kinder, du ziehst mich auf gestürzte kannelierte Säulen hinauf, springst über geborstene Kapitelle, mein Sommerkleid ist rot, viel zu rot, man sieht es von weitem, du streckst mir über eine abgebrochene Treppe beide Arme entgegen, auf der untersten Stufe sitzt reglos der Greis, der mich gestern beim Tanz dir zugeführt hat. Du drehst dich um, sprichst ein paar rasche Sätze, ich umklammere den von Flechten überzogenen Stein, der Greis blickt mich ausdruckslos an. Nichts als das Knarren der Grillen unterbricht die Stille. Wir gehen aus dem zerstörten Garten fort, du zeigst dahin und dorthin, als erklärtest du mir die einstige Anlage der Terrassen, den Standort verfallener Statuen. Während einiger Jahrhunderte war es üblich, sagst du, daß ein Begleiter des Kaisers laufend dessen Äußerungen und Taten, jede erfolgreiche Handlung, aber auch alle Fehlentscheide, in ein geheimes Tagebuch eintrug, zur Belehrung oder Abschreckung späterer Generationen. Wir sind am Ende des zerstörten Gartens angelangt, da drehst du dich plötzlich um, warum trägst du Rot? Rot ist die Farbe der Verbotenen Stadt. Du bist unter den vielen Menschen verschwunden. Nur noch der von verkalkten Flechten überzogene Stein liegt in meiner Hand. Ich wollte morgen das Meer sehen, aber jemand sagte mir, man müsse dazu zwei Stunden die Flußarme hinauffahren, durch das dichteste Gewimmel kleiner Boote und an riesigen Ozeandampfern vorbei, wahrscheinlich wird der Hauptteil der Bevölkerung hier geboren und stirbt, ohne je das Meer gesehen zu haben. Der Lichtschein über dem Fußboden zittert, als flögen große Mücken um die Lampe, nur die angekündigten Schaben bleiben aus. Heute abend wird die Fortsetzung der Affenoper gegeben, der Anfang der Affenoper ist das einzige, was ich in dieser Stadt noch mitbekommen habe, in dem dunklen, vollbesetzten Saal begann bereits die Angst mich zu beherrschen. Die veränderte Darbietung machte mir jäh die Entfernung deutlich, die schon zwischen dir und mir liegt, alles erscheint mir undurchdringlich anders, der Gesang, der viele Tanz, die verfeinerte Musik. Die Kniegeigen verschwimmen zu einem nicht abreißenden Lautteppich, die Farben der Kostüme sind heller, gedämpfter, von schillernden Pailletten übersät.

Auf der Bühne haben sich die großen und kleinen Affen, ganz nach Rang und Alter, vor ihrem König aufgereiht. Sie verneigen sich, pressen die Handflächen zusammen, sie bestürmen ihn, den Grund seiner unheilbaren Trauer kundzutun, sie ertragen den in die Ferne gerichteten verdüsterten Blick ihres sonst so wagemutigen Königs nicht länger. Mir ahnt Böses für die Zukunft, sagt der Affenkönig, noch leben wir hier glücklich, aber ringsum entarten die Reiche der Menschen und verfallen der Gewalt ihrer Obrigkeit, und wenn auch unserem Affenreich bis jetzt von keiner Seite Unterdrückung droht, so liegt doch der Kaiser der Toten heimlich auf der Lauer, mich zu verderben. Die Affen hüpfen aufgeregt um den Thron, besonders die kleineren werfen ihrem König beschwichtigende Witze zu, aber er ist aufgestanden. Seine Augen funkeln, morgen sage ich euch Lebewohl! Noch ehe der Glanz der Milchstraße verblaßt, wandere ich den Berg hinunter, bis zu den Grenzen des Meers, bis jenseits ans Ende der Welt, um von den Unsterblichen zu lernen, dem Verhängnis des Todes zu entrinnen! Tumult bricht unter den Affen aus. Glückwünsche für die Reise werden ausgestoßen, sie versprechen Geleit, bis im Westen das Meer sichtbar würde. Hinter der Bühne zieht dunkel die Nacht herauf, es ist die letzte Nacht des Affenkönigs in seinem Reich. Die Zuschauer lehnen unbeweglich in ihren Sitzen. Nur selten spuckt hier jemand auf den Boden, die Kleidungen sind weniger einheitlich, das Haar vieler Frauen gekräuselt, sie haben wohl in einem der Frisiersalons gesessen, in denen ein beängstigendes Gewirr elektrischer Kabel von der Decke herunterhängt. Eine unsichtbare Klimaanlage strömt eisige Luft aus. Ich stehe auf, ich weiß nicht mehr, wo ich bin. Ich habe einen Kontinent verloren.

Mittags ist das Dorf leer. Die Fensterläden sind geschlossen, unbeweglich lastet der Sommer über den Rebhängen. Nur aus den Kellern dringt vereinzelt das Geklirr von Flaschen, die bereits gewaschen werden, die abgelösten Etiketten schwimmen auf dem Wasser, oder bleiben an den Steinplatten haften. Ich laufe in die Hitze hinein, wie in einen Rausch. Der Schweiß vertrocknet sofort zu einem süßen Salzgeruch auf der Haut. Von der Lichtung des Friedhofshügels kommt mir etwas Rotes entgegen, in unbeholfenen Sprüngen, ist es die kleine Frau in den Kindersocken? Sie schwenkt einen mächtigen grünen Strauß, Misteln, nichts als Misteln, die sie mir mit einer Dringlichkeit in die Arme legt, als hätte sie mich seit langem gesucht. Ich vergewissere mich schnell, wir befinden uns auf der rechten Dorfseite, der Dorfseite der Tochter, die kleine alte Frau verzieht ihren zahnlosen Mund und nickt heftig, wie zur Bestätigung ihres Übergriffs auf das verbotene Territorium, sie drückt mir den Mistelstrauß fester in den Arm und deutet mit dem Kinn mehrere Male zur südlichen Paßgrenze hinüber. Triumph glitzert in ihren Augen, aber die zerfurchten Mundwinkel zucken. Ich weiß nicht, preßt sie mich oder den Mistelstrauß nochmals an sich, ihr aufgeregtes Gurgeln erstickt in der Umarmung. Die roten Kindersocken verschwinden zwischen den Kiefern, ich gehe zum Dorfplatz hinunter, den Arm voller Misteln. Mitten auf dem Platz steht die Tochter. Sie tritt von einem Fuß auf den andern, die dünnen hohen Absätze ihrer Lackschuhe kippen, mißtrauisch fixiert sie den Mistelstrauß. Wo ist sie, fährt sie plötzlich auf, wo! Ich mache eine undeutliche Bewegung über die rechte wie auch die linke Dorfseite hin. Nicht einmal mehr zum Essen erscheint sie jetzt, ruft die Tochter, ich muß sie zurückschicken, sie ist verrückt, es geht nicht mehr! Ihre Haut ist blaß, durchsichtig in der Mittagswärme, ihre dunklen Augen drücken einen Kampf aus. Sie will selbst zurück, sagt sie, sie selbst! Seit ihr jemand zugetragen hat, in ihrem verschütteten Dorf hätte zum erstenmal wieder eine Hochzeit stattgefunden, hält sie es hier nicht mehr aus, dabei trug sich die ganze Hochzeit in einem Containerhaus zu, es leben doch alle dort nur in Containern, Tag und Nacht räumen Lastwagen weiter Schutt fort, wahrscheinlich liegen immer noch Menschen unter dem Geröll begraben, niemand kann genau sagen, wie viele in der ersten Panik wirklich das Dorf verlassen haben, und der Lehm steht überall knöcheltief. Aber dann soll sie eben zurück! Kann ich sie vielleicht halten? Die Tochter fährt mit der Hand wie abwesend, mehrere Male, über ihren nackten Hals, ihr Blick bleibt an meinem haften. Schwer liegt der Mistelstrauß in meinem Arm. Blau soll das Observatorium werden, blau. Und nichts anderem mehr antworten, als dem unfaßbaren Blau des Himmels.

Nicht einmal nachts geht jetzt ein Wind. Wenn manchmal ein Rascheln die dicht belaubten Rebstöcke erfaßt, ist es nur, als knisterte die Tageswärme darin nach. Die Rebstöcke haben inzwischen Menschenhöhe erreicht, die äußersten langen Triebe zittern wie Haare im Dunkeln. Ich gehe zum Observatorium hinauf, Rebzeile um Rebzeile lasse ich hinter mir, aber immer schließen sich neue Reihen an, die Toten sind auferstanden. Jedes Jahr kehren sie in den grünenden Rebstöcken wieder, umklammern von neuem die rostigen Eisenstecken, und ungebändigter denn je schäumt ihr Blut hoch. Jede Nacht nehme ich die Stille auf, die für mich voller Klänge ist, und in die ich nie eindringe ohne Abbitte. Vom Observatoriumshügel aus sehe ich einen hellen Schein unter den Nußbäumen. Zwei Kinder werden beim Licht eines Autoscheinwerfers mit dem Wasserschlauch abgespritzt, der wohl zur Bewässerung in den bis hart an die Häuser heranwachsenden Reben gelegen hat, die Kinder springen im Wasserstrahl auf und ab, rennen ins Dunkel hinein, nähern die hellglänzenden kleinen Körper wieder dem Wasserstrahl, bis der Autoscheinwerfer erlöscht und die Kinder vielleicht schon in die

Betten hinaufgetragen werden. Ich kehre ins Kanalhaus zurück, oft schaue ich noch in der Nacht so lange zum Observatorium hinauf, bis seine Umrisse in mir brennen. Ich wollte von allem befreit werden, aber alles holt mich ein. Leuchtet das Rot wirklich von den Mauern des Observatoriums wider, oder sind es die rotlackierten Säulen des kleinen Wohnhofs in der Morgensonne? Eines der Hoffenster besteht noch aus einem Holzgitter, mit Reispapier beklebt, die andern Fenster sind aus Glas, der in einer Ecke gestapelte Winterkohl erfüllt den ganzen Hof mit seinem Geruch. Eine Strohmatte ist aufgerollt worden, ein gebückter Mann erscheint zwischen den roten Säulen, er deckt umständlich seinen Vogelkäfig ab, in dem ein zitronengelber Pirol sich aufplustert und unverzüglich, wenn auch noch zaghaft, zu piepsen beginnt. Der Mann zwinkert zu dir herüber, du rufst ihm lachend etwas zu, du machst dir keine Vorstellung, sagst du, was sich die hier mit dem Zudecken und Abdecken ihrer Vogelkäfige beschäftigen, alles muß dazu herhalten, alte Hemden, Hosen, Kissenbezüge, nur damit das kleine Federvieh zur gewünschten Zeit zu singen beginnt, eben sagte ich ihm, was er nur machen werde, wenn nächstens am Tor des Himmlischen Friedens das große Feuerwerk losgeht? Der Himmel wird von einer solchen Glutröte sein, daß jeder kleine Pirol glaubt, es tage, ich schlug ihm vor, er solle seinen Käfig zumindest unter seinem alten Armeemantel verstecken. Der alte Mann hat auf mich gedeutet und gegrinst, er sagt, ihr hättet mit dem Schießpulver Gewehre erfunden, wir aber das Feuerwerk. Durch die offene Wohnungstür des alten Mannes sieht man die Fotografie einer Frau, umrahmt von einem bunten Papierblumenkränzchen. Das ist seine verstorbene Frau, sagst du, das Kränzchen ist den großen grellen Papierblumenkränzen nachgebildet, die hier zu den Beerdigungen getragen wurden, auch allerlei Papierwesen und Papiergegenstände hat man früher verbrannt, die den Toten auf seiner Reise begleiten sollten, Wagen, Sänften, Banner, Pferde, Wäschekoffer, überhaupt mußte eine Beerdigung keineswegs feierlich, sondern vor allem bunt sein, bunt und lärmend. In dem Kästchen, dort unter dem Papierblumenkranz, ist die Urnenasche seiner Frau, es ist jetzt zwar nicht mehr üblich, die Asche der Angehörigen zu Hause aufzubewahren, man weiß nicht genau, was mit der Asche geschieht, viele sagen, sie werde verstreut, weit fort von hier, in den Bergen. Aber der alte Mann wollte die Asche seiner Frau bei sich behalten, um jeden Preis, er hat auch damals seine Frau, als sie im Frühling beim Düngen tot zusammengebrochen ist, von der Produktionseinheit am Stadtrand bis hierher zurückgebracht, auf dem Fahrrad, durch die ganze Stadt, nur mit einer Steppdecke zugedeckt, ich sah, wie er in den Hof hereinfuhr, und ihre beiden Füße unter der Steppdecke in die Luft ragten. Der Mann winkt uns, komm, sagst du. Besuchst du ihn oft, frage ich, du blickst wie flüchtig über den gestapelten Winterkohl hinweg, ich liebe, sagst du, was die andern verachten, vergessen. Zehn Familien teilen sich diesen Wohnhof. Von der öffentlichen Toilette an der Straßenecke kommt lautes Schwatzen und Keifen, der Morgenandrang ist wohl vorbei und erlaubt hinter den halbhohen Toilettenwänden, wo man die Köpfe aller Benutzer sieht, längere Unterhaltungen. Hinter dem Wohnhof ragt ein roher Betonbau empor, noch sind nirgends auf den vielen Stockwerken die Fenster eingesetzt, doch eine ganze Musikklasse scheint schon Einzug gehalten zu haben. Aus den Maueröffnungen dringt vielstimmiges Streichen von Saiteninstrumenten, der Klang von Flöten, Oboen, rasche Partien, immer energischer gespielt, in unermüdlichen Wiederholungen, ich glaube die völlig in sich oder in die Vibration der Musik versenkten Kindergesichter vor mir zu sehen, und selbst wenn die ersten Schneestürme durch den ganzen Betonbau wehen würden, spielten sie ungerührt weiter, die Musik ihrer Jahrtausende. Hier, in diesem kleinen Wohnhof, liegt meine Verbotene Stadt. Die große Nordsüdachse, die Tor um Tor durchquert, von Halle zu Halle vordringt, immer tiefer durch die Marmorhöfe, in denen die weite gelbe Ebene und der endlose Horizont nochmals geschaffen wurden, diese Nordsüdachse mündet genau in der Mitte, in diesem Innenhof, bei dir. Hier ist mein Palast der irdischen Ruhe, und das warme Winterzimmer der Kaiserin hat Platz auf jenem Stuhl, auf dem du mir die an der Straßenecke geholten frischen Dampfbrötchen zwischen die Knie gedrückt hast. Der alte Mann bückt sich, mit seinem Pirol murmelnd, über den Käfig. Langsam schwinden die letzten Schatten aus dem Wohnhof. In der Morgendämmerung versammelte sich in der Verbotenen Stadt der kaiserliche Rat und entschied, als fast alles noch schlief, über das Schicksal des Reichs. Aber mein kaiserlicher Rat sind die Menschengruppen, da und dort im Morgengrauen, die in konzentriertesten Zeitlupenbewegungen sich im Schattenboxen üben, und die müden Prinzen sind die Kinder mit den nackten Hinterchen, die noch schlaftrunken ihre kleinen Grillenbüchsen ans Tageslicht tragen, damit ihnen nichts vom schon wieder erwachenden Kampf der gefangenen Tiere entgehe. Aus dem Betonbau dringt, nicht mehr abreißend, in immer unbeirrbareren, strahlenderen Variationen, die Musik. In deinem Gesicht List, Schweigen. Sei nicht traurig, du mußt sein wie die Sonne am Mittag. Aber als wir den Wohnhof verlassen, weiß ich, daß mein Leben nie mehr so sein wird wie zuvor.

Ich wollte den Mistelstrauß zuerst an die Tür des Kanalhauses heften, das immer noch lesbare Danger damit verdecken, aber schließlich habe ich ihn über der Tür, die zur Veranda hinausführt, befestigt. Da ich die Tür in diesen warmen Nächten offenlasse, hängt der Mistelstrauß nun gleichermaßen über meinem Bett wie über dem dahinter auf dem Hügel erscheinenden Observatorium. Die Fledermäuse verirren sich in letzter Zeit öfters, manchmal sogar schon vor Sonnenuntergang, in das Kanalhaus hinein. Eine besonders kleine Fledermaus klettert eben mit Hilfe des Daumens geschickt an den kalkweißen Wänden auf und ab. Hin und wieder ruht sie etwas aus und legt dabei die Ohren zurück oder kratzt sich mit den Nägeln am Kopf. Die Hautwucherungen an der Nase und den Ohren sind noch kaum erkennbar, die Flughäute wie grauer Samt, nur die Mundspalte ist schon ungewöhnlich groß, als lachte die Fledermaus, je mehr sie sich am Kopf kratzt, desto ungehemmter. Durch ein lautes Klopfen an der Tür aufgeschreckt, flattert sie auf den Schrank. Die beiden Männer, der Dicke und der Dünne, sind mit der Verwalterin gekommen. Wir wüßten gern, fängt der Kleinere, Dünne, zögernd an, wie Sie das nun sehen, mit dem Observatorium, der Dicke aber kehrt sich gegen den Schrank und sagt, in welcher Gesellschaft leben denn Sie da! Die Verwalterin hat sich auf mein Bett gesetzt und beobachtet bald die Fledermaus, bald die beiden Männer, bald mich. Es gibt nämlich Fledermäuse, beeilt sich der Kleinere, die sich gegenseitig hassen und auffressen, aber das sind seltene Arten, die meisten sind sehr gesellig und in den Rebbergen äußerst nützlich, die vertilgen alles, noch im Flug, das winzigste Insekt, wissen Sie, warum sie so große Ohrdeckel haben? Der Dicke zwinkert mir zu. Nein, wehrt sich der Kleinere, es ist kein Witz,

Ihrem Fleischberg, sage ich, den bin ich, meint der Metzger, gleich los! Die Frauen drängen sich in den Stallanbau hinein. Er ist sehr flink heute, der Metzger, er säbelt nur so herum mit dem Messer, daß die Fleischstücke fliegen, der Zeiger der weißen Waage hüpft, manchmal wischt der Metzger aus Versehen die blutigen Hände nicht an der gestreiften Schürze, sondern an seinem kurz gestutzten Haarschopf ab, er neigt sich zu mir herunter, hier, Ihr Trockenfleisch, und setzen Sie sich gleich schon in den Wagen, ich möchte wissen, ob die Bühne auf dem Friedhofshügel fertig ist. Er hupt durchs ganze Dorf, die vereinzelten Gruppen von Frauen, die davoneilen, stieben nur so auseinander. Das letzte Wegstück bis zur Lichtung müssen wir zu Fuß gehen. Der Metzger trägt immer noch seine blutverschmierte Schürze, er lehnt den Kopf zurück und zeigt zu den Kiefern hinauf, früher hing hier am Musikfest alles voller Heiligenbilder, kleine Mädchen in weißen Vorhangschleiern trugen auf Kissen Statuen zur Lichtung empor, die Grenadiere in ihren roten Fräcken führten den Zug an, wie im Geisterschritt tauchten sie zwischen den Kiefern auf, vollkommen lautlos, das war die schwierige Vorschrift, um den Unterschied zu ihrer einstigen kriegerischen Bestimmung hervorzuheben, nur manchmal spreizten sie die Beine in den weißen Hosen und schwangen langsam die Banner, während grelle Trommelwirbel bis in die Ebene hinunter den feierlichsten Augenblick der Prozession verkündeten.

Aber die Musikgesellschaft hat immer viel zu früh begonnen, ihren Weißwein auf der Lichtung auszuschenken, und mit dem ersten Marsch riß sie die Führung vollends an sich, längst bevor die Prozession unruhige Zeichen der Auflösung zeigte. Mit jedem Jahr entstand ein heilloseres Durcheinander, die Mädchen mit den Statuenkissen wurden immer weniger, die Grenadiere verschwanden, und sehen Sie vielleicht auch nur ein einziges Heiligenbild in den Kiefern hängen? Wir sind inzwischen auf der Lichtung angelangt. Die Bühne ist fertig, ruft der Metzger aus, natürlich! das hätte ich mir denken können. Er läßt sich auf die Holzstufen niederfallen und klopft sich auf die Schenkel, was halten Sie jetzt von der Verschiebung des Musikfests?! Nur der Mittagswind rauscht in den Kiefern. Ich wende mich brüsk nach dem Metzger um, haben Sie die letzte Akkordeonnummer des Bewässerungsinspektors gehört? Er runzelt die Brauen, aber Ihre Vorgängerin hatte doch das Akkordeon zuletzt in den Händen, der Bewässerungsinspektor hat es ihr am Musikfest in den Arm gedrückt, damit sie ihn begleite! Es war ein außergewöhnliches Akkordeon, der Bewässerungsinspektor hatte es eigens für sich in einer berühmten Fabrik jenseits der Grenze anfertigen lassen, es wies silbergetriebene Verzierungen auf, das Beeindruckendste aber war, auf der Seite des Handgurts, sein aus Granatsteinen eingefügter Name, der besonders bei schnellen Handbewegungen weithin aufleuchtete, man verzieh dem Bewässerungsinspektor seine eigensinnigen Auftritte am Musikfest schon allein deswegen, weil das Akkordeon eine Augenweide war. Er hat auch auf diesem Akkordeon Ihrer Vorgängerin das Spielen beigebracht, oft hörte man die beiden, in der Mittagsstille, im Observatorium miteinander üben, Ihre Vorgängerin war allerdings sehr überrascht, als ihr der Bewässerungsinspektor bei diesem Vorfall am letzten Musikfest plötzlich das Akkordeon in den Arm drückte und brüllte, los! begleite mich! Alle glaubten in jenem Augenblick noch an einen Witz, einen harmlosen Einfall. Aber ich saß nur zwei Stühle entfernt von ihm, ich habe das barbarische Aufblitzen in seinen Augen gesehen, auch Ihrer Vorgängerin kann es nicht entgangen sein, jedenfalls spielte sie keinen einzigen Ton, blaß vor Zorn saß sie da, je mehr das Entsetzen in ihren Augen wuchs, desto wütender drückte sie das Akkordeon gegen den Boden, bis sich dann alles überstürzte, und sie aufsprang, schreiend, ich werfe das Akkordeon in die Schlucht hinunter, ich werfe es in die Schlucht! Während des folgenden Tumults muß sie mit dem Akkordeon aus dem Festzelt geflohen sein, alle im Dorf sind überzeugt, daß sie es noch in jener Nacht in die Schlucht hinuntergeschleudert hat, wo es jämmerlich in Trümmer gegangen sein muß. Einige behaupten zwar, wenn die Frühlingswasser kommen, höre man Töne aus der Schlucht heraufsteigen, aber Ihre Vorgängerin wird alles getan haben, damit es vollkommen zerschmettert war! Der Metzger berührt mich an der Schulter. Gehen wir, Sie wollen doch bei der Hitze nicht zu Fuß zurück, oder?

Doch ich laufe dem Metzger schon voraus, ohne mich nochmals umzuwenden, am Wagen vorbei, quer durch die letzten Kieferngruppen. Laufe ich gegen die Schlucht, gegen das Observatorium? Ich will nur gehen, gehen! als hielte man durch Gehen ein Schicksal auf. Das Kleid klebt mir am Rücken, meine Haare kräuseln sich feucht, fern verschwimmt das Dorf, im dunstigen Licht des Südens. Ich muß diesen Kreis dicht um mich gescharter Gesichter sprengen! Doch die Gesichter drängen sich immer näher heran, schwindelerregend nah. Der Messerschlucker aber wird das Messer nicht schlucken, er wird es nicht, er darf es nicht, es gibt ein Leid, das kein Mensch in sich hinabwürgen kann. Der Messerschlucker tut nur so, als würde er das Messer jeden Augenblick verschlingen, er zögert die Tat ins Unvorstellbare hinaus, er lenkt bloß ab mit seiner imponierenden Gestik, den drohenden Lauten, dem sehnigen nackten Arm, der von neuem schwungvoll ausholt, und das Messer mit der breiten Schneide tief in den Mund führt. Er wird es nicht schlucken, ich will es nicht! eher stürzt die Große Mauer ein. Die vielen Augenpaare starren ihn unverwandt an, benommen von der endlos hinausgezögerten Vorbereitung. Der Schlamm der Reisfelder auf den bis zu den Knien verspritzten

Beinen verkrustet langsam. Da stößt der Messerschlucker einen tierischen Schrei aus, Zentimeter um Zentimeter verschwindet das blitzende Messer in seinem Schlund, er wankt über den ausgebreiteten Teppich. Ich schlage mit den Armen mich frei, besinnungslos, ich schiebe fremde Schultern und Ellbogen zurück, endlich bin ich auf der Landstraße, es wird dir nichts geschehen, nichts! niemals, es darf nicht sein. Keiner dreht sich um, lange Schatten wachsen hinter mir, meine Fußsohlen brennen. Riesige Magnolienbäume, beidseitig der Straße, schließen sich über mir zu einem undurchdringlichen Dach zusammen. Oder ist es die grünliche Dämmerung in den Korridoren des alten Kolonialbaus? Noch hängt das weiße schleierartige Moskitonetz gerafft an der Decke, kein Laut dringt außer dem Knarren der Grillen herein, ich liege auf dem Bett, immer noch atemlos vom Laufen. Die letzten Streifen der untergehenden Sonne zittern auf meiner Haut, ich wachse durch die Stille, ich wachse durch die Welt, durchsichtig, bis zu dir. Der Messerschlucker hat das Messer nie verschlungen, er holt es heraus, er schwingt es durch die Luft, er lacht! daß die Quadersteine der Großen Mauer bersten, warum beugst du den Nacken trotzdem so tief, es wird dir nichts, hörst du, niemals etwas geschehen.

Als hätte das unter den Plastikplachen verschwundene Observatorium eine allgemeine Vermummung hervorgerufen, sind von einem Tag auf den andern die Rebberge von blauen Netzen zugedeckt, oder von gelben flatternden Streifen überzogen, und der ganze Observatoriumshügel steht unter einem zarten weißen Gespinst. Ich gehe den Hügel hinauf, einem lauten Wasserzischen nach, hinter dem Observatorium finde ich die Verwalterin, sie spritzt mit einem Schlauch die grauen Plastikkisten für die Traubenernte ab. Sie hat meine Schritte nicht gehört, ganz ihrer Arbeit hingegeben beugt sie sich über die Kisten, zum ersten Mal erscheint sie mir gealtert. Jetzt legt sie den Schlauch beiseite, in einem mit Wasser gefüllten Faß wäscht sie jede Kiste nochmals, einzeln, fast zart, wie man ein müdes Kind wäscht. Als sie den Kopf hebt und mich sieht, errötet sie. Sie fährt sich mit dem nassen Arm über die Stirn, ich werde oft ausgelacht, sagt sie, daß ich schon vor der Traubenernte die Kisten wasche, was das ganze Dorf erst hinterher tut, aber ich kann nicht anders, ich muß immer an die Trauben denken, wenn die so in die staubigen Kisten hineinzuliegen kämen! Die Verwalterin hat die Plastikkisten in langen Reihen zum Trocknen aufgestellt, es ist auch besser, sagt sie, wenn man bis zur Traubenernte etwas zu tun hat, obwohl ich bei diesem Kistenwaschen nie eine merkwürdige Angst loswerde, daß vielleicht alles schon vorüber ist. Sie schaut mir plötzlich gerade in die Augen. Dann sehe ich die Rebstöcke bereits gelichtet, sagt sie, all ihrer Schwere beraubt, an den Wegrändern die schwarzen Haufen der Traubentrester, von denen ein gärender, betäubender Geruch ausgeht, und darüber, im kalten Himmel, ein unablässiges Beben, Zittern, die letzten turmartigen Schwärme von Mücken. Könnte es nicht sein, sagt die Verwalterin, daß die großen Keller in der Ebene schon geschlossen haben, und überall das Reblaub knistert, dürr, und von einem schrecklichen Rostrot? Aber die Trauben hängen noch, schreie ich fast, sie hängen nahezu bis auf den Boden! Die Augen der Verwalterin verändern sich nicht. Die Plastikplachen des Observatoriums knattern im Abendwind. Was wird es für ein Blau, frage ich, es muß ein Blau sein, das völlig in den Himmel eingeht. Die Verwalterin hat sich auf eine der Kisten gesetzt, als erwarte sie eine Erklärung von mir. In der Wasserlache des Fasses ziehen eilige Wolken. Eines Morgens, sage ich, bin ich erwacht und wußte, ein Kontinent ist gestorben. Auch Ihnen hat sie einen Mistelstrauß gebracht, sagt die Verwalterin, Sie haben ihn doch von der zahnlosen Alten? Am ausgiebigsten hat sie den Sarg des Bewässerungsinspektors damit geschmückt, wie ein einziger gigantischer Mistelstrauß stand der Sarg im Observatorium, aber aus was sonst, wenn nicht aus Misteln, lassen sich hier Sträuße binden? Der Bewässerungsinspektor spielte der Alten manchmal etwas vor auf dem Akkordeon, wenn sie ruhelos über die Terrasse lief, dann begann sie sich im Takt hin und her zu wiegen, oder sie klatschte wild in die Hände, sie rührte ihn, das Alter hatte ihn vielleicht verwundbarer gemacht. Nur selten noch überfiel ihn etwas Tückisches, er trug den ungerächten Zorn einer untergehenden Zeit in sich, und er ist auch fast gestorben wie früher, als die Kirchturmglocke zu jeder Agonie läutete, wer sie hörte, eilte in das Haus des Sterbenden, Männer, Frauen, Kinder, immer dichter wurde der Kreis, der das Bett umstand, in der Vorstube sich drängte, und im Todeskampf sah der Scheidende noch einmal alle Gesichter seines Lebens auf sich gerichtet, unerbittlich, selten mit Trost, oft nur mit schierem Erstaunen, und vielleicht war dies das eigentliche Letzte Gericht. Aber noch gegen den Tod hat sich der Bewässerungsinspektor aufgelehnt, als er seinen Hinterkopf zwischen den Sargdeckeln hervorzwängte, und sich plötzlich die Misteln verschoben, als fiele der Sarg auseinander. Hätten die Frauen nicht die sofortige Beerdigung durchgesetzt, es wären viele aus der Ebene heraufgeströmt, um ihn noch einmal zu sehen, denn er ist alt geworden, alt wie früher hier der Wein, der eine viel längere Reifezeit hatte als heute, und der oft weit in die Berge getragen wurde, damit er dort, geschützt vor der Sommerhitze, nicht faulte. Die Verwalterin ist verstummt, sie wendet sich zu den gewaschenen Traubenkisten, und kehrt sich nicht mehr um.

Am Weg zum Aluminiumwerk hinunter schießt immer höher der Wermut aus. Die Unterseite der Blätter schimmert in einem matten Silber, der bittere

Geruch gärt im warmen Wind. Ich aber wollte, ich hätte das silberne Winken des Wermuts nie gesehen. Silberfarben ist das Nachthemd, das ich mit dir zusammen kaufte, und das ich keine Nacht tragen werde. Dabei verging ein ganzer Nachmittag, bis wir es gefunden hatten. Du hast dich über den Ladentisch gebeugt und mit den Mädchen dahinter verhandelt, geschäftig, als ginge es auch diesmal um eine Teetasse. Wieder höre ich gebannt die ungestümen Laute in deiner Stimme, das scharf abwechselnde Hell, Dunkel, wie der vervielfachte Widerhall eines Schreis über grenzenlosen Ebenen. Endlich zupfen die Mädchen aus dem untersten Regal etwas hervor und breiten es vor uns aus, ein mit weißer Seide fast starr abgefüttertes Nachthemd, die Oberseite aber glänzt silbern. Hellgrün sprießende Kiefern sind hineingestickt, kleine Kamelgruppen, und da und dort eine rote dreistöckige Pagode. Der Kragen ist hochgeschlagen, gestärkt und steif, nie werde ich dieses Nachthemd tragen können, schwarzes Haar gehört dazu und der Widerschein der Westberge in den Augen. Aber die Kiefernzweige schwanken, die Kamele galoppieren durch die Silberwüste, die kleine Pagode wartet rot, so rot. Ich weiß, ich werde das Nachthemd nehmen. Plötzlich schaust du mir in die Augen, etwas Dunkles flammt über dein Gesicht. Die Mädchen hinter dem Ladentisch werden ungeduldig. Willst du das Nachthemd, sagst du stockend in die Stille hinein, willst du es? Ich nicke. Ich trage es dir, sagst du rasch, dein Blick ist wieder von Gleichgültigkeit beherrscht, wir treten in die vergehende Tageshelligkeit hinaus. Das Nachthemd ist nur noch ein kleines Paket unter deinem Arm. Wenn in den Steppen im Norden eine Hochzeit ist, sagst du, tauscht man als Geschenk bestickte Seide aus, die ganze Hochzeitsgesellschaft sitzt im Kreis auf der gestampften Erde, oft muß bei heftigem Wind der Teppich in der Mitte, auf dem die ausgetauschte Seide getürmt wird, mit Steinen beschwert werden, aber die Braut sieht es nicht, sie trägt bis zum Abend einen roten Schleier vor dem Gesicht. Wir sind achtlos über die Avenue gelaufen, willst du das Nachthemd behalten, sage ich unvermittelt, grelles Wagenhupen treibt uns an den Rand zurück. Dann bewegt sich nur noch der unablässige Strom von Fahrrädern an uns vorbei in die Dunkelheit hinein. Du hast mir nicht mehr geantwortet. Rot steht eine kleine Pagode mitten im Häusermeer, blutig rot. In den Wohnblöcken am Horizont überall dasselbe unterschiedslose Licht.

Als ich die Tür zum Foyer öffne, warten die drei Arbeiter bereits an dem niedrigen Tischchen im Gang. Der Arbeiter aus dem südlichen Nachbarland, der von seiner Leidenschaft für Tonbänder sprach, kommt mir entgegen und führt mich zu den andern. Der ältere, dunkelhaarige, hebt die fingerlose Hand zum Gruß, der jüngere nickt lebhaft mit dem Kopf. Sie nehmen meine Kassetten mit fast umständlicher Höflichkeit entgegen. Der Arbeiter mit der fingerlosen Hand schaut mich kurz nachdenklich an, es ist nun genug Material beisammen, sagt er, äußerst vielfältiges Material, wir brauchen Ihre Aufnahmen nicht mehr. Ich muß mich unwillkürlich am Tisch festgehalten haben. Der tonbandkundige Arbeiter sagt rasch zu dem jüngeren Arbeiter, aber diese Kassetten überspielst du noch, geh ins hintere Zimmer, diese Aufnahmen können uns durchaus nützlich sein. Er wendet sich an mich, wir werden uns alle drei an der endgültigen Mischung der Aufnahmen beteiligen, Sie haben hervorragende Arbeit geleistet, natürlich müssen die von Ihnen aufgezeichneten Naturgeräusche erheblich verstärkt, verändert werden, wir haben hier im Aluminiumwerk eine bestimmte Vorstellung von einer Jubiläumsplatte, auch können wir gewisse Direktiven nicht gänzlich umgehen, Sie hingegen haben sich nur am Rand an die Abmachungen gehalten, er sucht plötzlich meine Hand, doch im Dorf oben weiß man es zu schätzen, daß Sie nur die nähere Umgebung als Aufnahmequelle benützten, es wird eine Überraschung werden, Sie werden sehen, eine Überraschung für alle! Ich blicke zum älteren Arbeiter hin. Er deutet mit seiner verkrüppelten Hand auf der Tischplatte einen Takt an, wie zum Tanz, es wird ein Fest werden, sagt er, freuen Sie sich nicht? Ich stehe auf und verabschiede mich. Der jüngere Arbeiter kommt herbeigelaufen, wollen Sie nicht warten, fragt man mich, bis die Kassetten überspielt sind? Ich schüttle langsam den Kopf, nein, diesmal nicht, jetzt nicht mehr. Die drei begleiten mich zum Foyerausgang. Wir sollen Ihnen überdies mitteilen, sagen sie, daß Sie vorläufig im Kanalhaus bleiben können. Sie schauen mir noch nach, als ich schon auf der Brücke stehe. Uferlos schlägt mir der Fluß entgegen, als wäre kein Geländer mehr fest unter meinen Händen, als flössen meine Augen ins Wasser. Ich höre nur noch das Brausen der Strömung, wie am ersten Tag, unbesiegbare Musik. Immer lauter tosen die Flußschnellen, geschmolzenes Gletscherwasser, oder rauscht es von weitentfernten Bergen am Rand der gelben Ebene? Gongschläge jagen einander plötzlich, von Trommeln verfolgt, mit einem Sprung wirbelt der Affenkönig auf die nächste fahrende Wolke, er ist auf der Flucht vor allen Planeten, den ganzen Himmel hat er in Aufruhr gebracht! Anstatt, wie es sein Amt wäre, die Pfirsichgärten zu bewachen, sagst du, hat er das tagelang vorbereitete Pfirsichbankett für die Unsterblichen über den Haufen geworfen, die prallsten Pfirsiche selbst gefressen, und außerdem sich am Unsterblichkeitstrank berauscht! Jetzt flieht er vor den empörten Planeten, bis zum westlichen Himmelstor, siehst du, wie er seine Keule schwingt? Du stößt mich leicht, fast unmerklich an, als wolltest du mich zwingen, auf die Bühne zu schauen, du hast genau gesehen, daß ich, so nah deinem aufmerksam mir zugeneigten Gesicht, überrascht das lange, rötliche Haar an deinem Kinn festgestellt habe, siehst du die Krone, fährst du fort, der kleine umherkreischende Affe hat wirklich eine äußerst ungewöhnliche Krone auf seinem flachen Schädel, lauter blitzende Kügelchen, ist das seine Königskrone, flüstere ich, nein, seine Rebellenkrone, flüsterst du zurück, und das dunkelblau bemalte Gesicht, frage ich, das bedeutet Starrköpfigkeit und Wildheit. Das Publikum ist leise, zu beiden Seiten der Bühne wechseln große projizierte Schriftzeichen, die Grundfarben der Kostüme sind satt, dicht mit Goldfäden bestickt. Eine hohe, schneidende Männerstimme bricht sich Bahn, es war dem verdammten Affen doch verboten, einen Pfirsich auch nur anzurühren, strengstens verboten! Massives Schlagzeug setzt ein, schrille Bambusflöten, die Schriftzeichen erlöschen, du übersetzt immer noch, je mehr Verbote und Beschränkungen das Reich hat, desto ungeheuerlichere Dinge kommen auf. Ich blicke dich rasch von der Seite an, du zuckst mit keiner Wimper. Der Affenkönig ist jetzt in einen akrobatischen Tanz gegen die Elemente verwickelt, Sturm und Wellenschlag sind durch an Stöcken geschwenkte Seidenfahnen angedeutet, aufgeregte Oboen entfesseln einen Orkan, endlich landet der Affenkönig nach halsbrecherischen Sprüngen auf der Erde. Der Kampf hat vom Morgengrauen bis zum Sonnenuntergang gedauert. Aber die Rache der Unsterblichen wird den tollkühnen Affen trotzdem erreichen, durch eine winzige Unachtsamkeit fällt er ihnen in die Hände, überwältigt wird er zum

Richtplatz geschleppt. Man will ihn mit Äxten zerhacken, mit Schwertern aufschlitzen, mit Feuergarben in Brand stecken, aber alles prallt an ihm ab. Hat er sich nicht am Unsterblichkeitstrank berauscht? Er ist für immer dem Tod entronnen! So wird er zur Strafe lebendig begraben, unter einem riesigen Berg, kein Spalt mehr, durch den er die Hand hätte durchzwängen können, nur eine fadendünne Ritze zum Atmen, fünfhundert Jahre, sein Gesicht wird zu Stein, Gras wächst in seinem Haar, Menschenreiche versinken, Meere vertrocknen. Fünfhundert Jahre.

Ich fühle deine Hand nach mir greifen, zutiefst erschrocken über die ungewohnte Berührung blicke ich auf, die Frau mit den Ohrringen des Bewässerungsinspektors steht vor mir. Wieder und wieder drückt sie meine Hand, nehmen Sie es nicht so schwer, sagt sie, Sie werden nicht zum letztenmal hier gewesen sein, worüber will sie mich beschwichtigen? Sie nimmt mich am Arm, wollen Sie nicht wieder einmal das Grab des Bewässerungsinspektors sehen, die Kinder haben zwar die letzten farbigen Schleifen geplündert, hinter dem Aluminiumwerk errichten sie eine Barrikade aus alten Traubenkisten und sind nicht mehr davon herunterzuholen, sie schwenken die bunten Schleifen durch die Luft und rufen die Revolution aus. Ich schüttle den Kopf, ich werde das Grab wieder besichtigen, wenn der erste Weißdorn darauf wächst.

Die Frau mit den Ohrringen aus Granat schlägt mit mir den Weg gegen das Dorf hinauf ein, ich begleite Sie noch ein wenig, sagt sie, wie gern bliebe ich jetzt dort oben! Auch wenn wir uns hier unten ununterbrochen einreden, wie glücklich wir der mühsamen Rebenarbeit entronnen sind, faßt uns kurz vor der Traubenernte unbezwingbares Heimweh, alle wollen unter irgendeinem Vorwand ins Dorf hinaufgelangen, kaum durchziehen die ersten goldfarbenen Adern das Reblaub, stehen die Leute hinter dem Aluminiumwerk still, jetzt müssen oben auf dem Platz schon für jeden Rebsektor die genauen Ablieferungszeiten angeschlagen sein, sagen sie, die Traktoren fahren aus, am Anfang der Rebzeilen hängt da ein Kittel, dort ein Hut zur Markierung, Sturzladungen von Plastikkisten an den Wegrändern, überall Stimmen, Rufe, keiner ist mehr zu halten. Hier unten behaupten sie, es gäbe ein Weinjahr wie noch nie, mit diesem langen Sommer, aber ein richtiger Weinbauer wird sich, trotz aller Vorhersagen, nie darüber äußern, nein, bis die letzte Traube unter Dach ist, sagt er kein Wort, immer noch könnte ein Unglück eintreten, eine plötzliche Seuche, ein Unwetter, ein Hagel. Und wie oft haben wir uns als Kinder, wenn der Rücken schmerzte, die Finger wund waren vom Traubenschneiden, einen Hagel gewünscht, ja, ein sintflutartiges Hagelgewitter! das alle restlichen Trauben zerquetschte, die Rebstöcke samt den Wurzeln ausrisse und in die Ebene hinabschwemmte, keine Reben mehr, nirgends, nie mehr! wir Kinder würden nur noch Kürbisse anpflanzen, ganze Plantagen, die wuchsen von selbst und eigneten sich vortrefflich als Geschoße bei Angriffen verfeindeter Kinder, aber auf dem Traktor heimfahrend suchten wir vergebens den Himmel nach einer gelben Gewitterwand ab, kein Hagel in Aussicht, kein Wetterumschwung, nichts. Die Frau mit den Ohrringen des Bewässerungsinspektors hat zu keuchen begonnen. Sie bleibt stehen, was für ein Tempo Sie haben, ruft sie, auf Wiedersehen am Musikfest!

Immer schärfer zeichnen sich die Silhouetten der Hochhäuser hinter den Gebirgsrändern ab. Doch weder bei Einbruch des Abends, noch gegen die Frühe zu, sind sie erhellt. Durch nichts mit dem Dorf verbunden, bewahren sie die kalte abgestandene Asche jener wenigen Tage, da die Fremden sie mit ihren unerschütterten Gewohnheiten aufwärmen. Ich gehe weiter durch die Rebberge, als wäre nicht auch ich durch den Abbruch meiner Arbeit bedroht, getrennt zu werden von allem. Ich kann mir nicht vorstellen, eines Morgens nicht mehr zum Glucksen des Kanals zu erwachen, dem Knacken der Kiefernrinde über dem Dorf nachzugehen, das Rascheln der Rebstöcke zu hören, sich vervielfachend von Abhang zu Abhang. Suche ich nicht immer noch die Musik, die nie abreißende Musik? Aber etwas mir Unfaßliches hat sich in Bewegung gesetzt. Der Sommer, scheinbar endlos angehalten unter der Kuppel des blauen Himmels, beginnt zu galoppieren. Zuerst zögernd, dann immer haltloser, wild schlagen die Hufe aus, unablässig muß ich diese Pferdehufe fixieren, denn unter ihnen verändert sich der Grund ihrer Bahn. Ist noch Sommer? Eis wird sichtbar, blankes Eis. Die Pferde mühen sich unter einer schwarzen Decke voran, die doch zusehends weißer wird vom Schnee, der lautlos fällt. Gefährlich schwanken die Kränze und Blumen, ein grell leuchtender Berg in der Dämmerung der Frühe, der Sarg verschwindet darunter. Ich sehe nur noch die Hufe, diese heftig in die Luft ausschlagenden Pferdehufe, die mehr und mehr ausrutschen auf dem Eis. Etwas Schreckliches, Unbekanntes wächst hinter dem sich jetzt lichtenden Schneefall am Horizont. Nirgends mehr taucht das Dorf auf, kein Friedhof öffnet sein Erdloch, niemals wird dieser Berg von Kränzen ankommen. Ich gehe, hinter meinem toten zugeschneiten Vater, von einem Zeitenende zum andern. Einmal blicke ich auf und sehe in die Augen meiner Mutter, die ebenfalls an den Hufen der Pferde hängen, aufgerissen vor Trostlosigkeit, erloschen wie die hinter uns untergehende Welt.

Ein merkwürdig unstetes Licht dringt durch die Nacht vor. Es ist ein sich vergrößernder Taschenlampenstrahl, er bewegt sich von oben durch die Rebberge hinab auf mich zu, jetzt hüpft er! Ich höre die Steine rieseln und niederfallen, bevor ich die alte

Frau in den Kindersocken erkenne. Mit einem festen Handgriff richte ich den Taschenlampenstrahl in ihr eigenes Gesicht. Sie deutet unentwegt auf die blauen Plastiknetze, mit denen die Abhänge überspannt sind, sie stößt ein paar beschwörende flehende Laute aus, dann zerrt sie mich um eine Wegbiegung und leuchtet mit der Taschenlampe die Rebzeilen ab. Irgend etwas zappelt an einer bestimmten Netzstelle, etwas Dunkles, Flatterndes, das ganze Netz bewegt sich auf einmal. Ich strahle mit der Taschenlampe mitten in die winzigen zusammengekniffenen Augen, den kleinen kopfüber hängenden Körper einer Fledermaus, die sich mit den zwei Zehenkrallen ausweglos im Netz verfangen hat. In Panik schlägt sie mit den Flughäuten, aus der weitgeöffneten Mundspalte kommt ein pfeifendes Atmen, rasch verdecke ich die Taschenlampe mit der Hand, ich versuche das Netz zu entwirren, die alte Frau in den Kindersocken leuchtet mir aus etwas Abstand, um das Tier nicht zu sehr zu blenden, aber kaum zupfe ich mit den Fingern am Netz, beginnt die Fledermaus derart zu kreischen und mit den Flughäuten zu flattern, daß sie sich nun auch noch mit den Daumenkrallen verfangen hat. Ein paar Netzfäden schnüren ihr den Hals ab, halb bewußtlos hängt sie jetzt herunter, aber wie es mir eben gelingt, wenigstens ein Loch in das Netz zu reißen, fängt die Fledermaus so erstickt zu pfeifen an, daß ich es nicht mehr ertrage. Ich wende mich ab, ich will im Kanalhaus ein Rebmesser holen, um den Netzknäuel von ihren Krallen abzutrennen. Aber die kleine alte Frau stürzt auf mich zu, sie glaubt wohl, ich hätte es aufgegeben, sie drückt mir die Taschenlampe in die Hand, und mit einer blitzartigen Bewegung, obwohl ihr die Flughäute der Fledermaus durch das eben entstandene Loch ins Gesicht schlagen, beißt sie sich mit den bloßen Zähnen im Netzknäuel fest und zerrt und zerrt, trotz des nun rasenden Gekreischs der Fledermaus, bis sie das Netz von der einen Zehenkralle weggerissen hat, jetzt auch von der andern, und, je ein Netzstück noch in beiden Daumenkrallen, fliegt die Fledermaus, endlich befreit, davon, doch nicht durch das weggefetzte Loch in den Nachthimmel hinaus, sondern von neuem nur noch tiefer in die unter dem Netz ausgespannte Dunkelheit hinein. Die alte Frau in den Kindersocken zittert an allen Gliedern. Sie will mir die Taschenlampe aus der Hand nehmen, aber plötzlich wirft sie sich mir mit einem lauten Aufschluchzen in den Arm, immer heftiger umklammert sie mich, wie von Entsetzen geschüttelt, oder ist es Mitleid, Ekel? Hilflos streichle ich sie, drücke mein Gesicht in ihr langes strähniges Haar, das eine schweißige Bitterkeit ausströmt. Langsam ist ihr Schluchzen leiser geworden, sie wird schwer in meinem Arm, als schliefe sie ein. Mitternacht muß vorüber gewesen sein, als ich mit ihr ins Dorf zurückkehre, die Eingangstür des gelbverputzten Hauses ist noch angelehnt, ich schiebe die Halbschlafende wortlos hinein. Im Kanalhaus liege ich lange wach. Deutlich hebt sich hinter den Plastikplachen das Observatorium vor dem klaren Nachthimmel ab. Ich mußte meine eigene Musik erkennen, um die Musik der Welt zu hören.

Ein Brausen, als schwellten unzählige Stimmen an, dringt von der nur ein paar Hochhäuser entfernten Avenue zum offenen Fenster herein. Zwischen den Betonfassaden und flachen Dächern sind, wie Linien einer verlorenen Weissagung, die geschweiften gelbglasierten Ziegeldächer der Verbotenen Stadt sichtbar. Rufe auf der Avenue werden jetzt deutlich, vereinen sich zu einem gewaltigen Chor, der internationale Marathon hat begonnen. Unser Gastgeber wendet, wie leicht befremdet, den Kopf dem offenen Fenster zu, als verstünde er den ganzen Lärm um diesen Marathon nicht, die kindische Begeisterung, wir werden siegen! und überhaupt, wozu sich durch derart anstrengende Bewegung lächerlichen Ruhm verschaffen? Er füllt die kleinen Gläser mit dem Hirseschnaps, in seinen Augenwinkeln blitzt es, Geringschätzung? Spott? Er hebt sein Glas, wir hatten zwar, als wir jung waren, auch unsere Spiele, sagt er, und was für Spiele! unschuldige Spiele, man lief um die Wette, durfte sich aber im Laufen gegenseitig niemals berühren, das war die einzige Spielregel, auf Ihre Fahrt in den Süden! Und während von der Avenue her die Geräusche des Marathons verebben und anschwellen, trinkt unser Gastgeber, mit dem Rücken zum offenen Fenster, uns heiter der Reihe nach zu. Jemand fragt, was er von der Rede des Parteivorsitzenden halte, mit den duftenden Blumen und dem Unkraut, das unnachgiebig ausgerottet werden müsse, er hebt von neuem lachend sein Gläschen Hirseschnaps, das war große Oper! auf Ihr Glück im Süden! Er setzt sich neben dich, du schreckst wie aus einer Versunkenheit auf. Heute morgen hat man bekanntgegeben, daß du nicht mit uns in den Süden fahren wirst, ich kann dich nicht anschauen, es ist wie ein Stich mit einem Messer, du trinkst sehr viel von dem Hirseschnaps. Ich möchte Ihnen, sagt unser Gastgeber, von meiner Reise in Ihr Land einige Verse vorlesen, ich hätte mir nie träumen lassen, daß ich einmal diese Gletscher sehen würde, diese dramatische Gebirgslandschaft, das ewige Eis, aber so ist das Leben, voller Hintergedanken, voller ungeahnter Möglichkeiten. Unser Gastgeber holt ein paar dünne Blätter, und vor der unruhigen Geräuschkulisse des Marathons entrollt er langsam, er, der Angehörige des größten Volkes, des einmal glanzvollsten Reichs der Erde, ein minuziös gemaltes Gletscherpanorama, mit Gletscherzunge und Gletschertor, weder die Gletscherspalten fehlen noch die Gletschermühlen, selbst winzige Gletscherflöhe bevölkern das Gedicht. Unser Gastgeber schweigt, er hebt rasch die Hand, aber am meisten beeindruckt waren wir von der Schönheit des Eises, seinem grünlichen Schimmern, dem hellen Blau. Er beugt sich wieder über die dünnen Blätter, ich weiche deinen Augen jetzt nicht mehr aus. Nochmals leuchtet in ihnen das Gletscherpanorama auf, mit seinen Farben der Frühe, wie letzte Bilder vor dem Tod. Dann übertönt der Lärm des Marathons die Stimme unseres Gastgebers, der Chor anfeuernder Rufe steigt in einen Himmel, dessen Unendlichkeit alles schluckt. Der Mann mit den paar dünnen Gedichtblättern in der Hand senkt den Kopf, ich sehe nur die tief in die Stirn gegrabenen Furchen, als böte er sie auch diesem Sturm dar, ganz andere Unruhen haben sie schon gezeichnet. Aber jetzt blickt er auf. Mit fast zarter Nachsicht beobachtet er, wie du dem Hirseschnaps zusprichst, morgen werden Sie den Westsee sehen, sagt er, unser irdisches Paradies, aber zum Abschied wird Ihnen unser junger Begleiter noch ein Lied aus unseren nördlichen Ebenen singen. Die Rufe vor dem Fenster werden schwächer. Man muß mein Blut hören, so laut pocht es, kurz starrst du mich an, als sähst du mich nie mehr wieder. Und dann singst du, singst mit einer fast trotzigen, sonoren Stimme, eine merkwürdig zwischen schroffer Herausforderung und Schwermut schwankende Melodie. Auf einmal muß ich an die Opernarien denken, die früher von Verbrechern und Rebellen auf dem Weg zu ihrer Hinrichtung gesungen wurden, plötzlich erhoben sie sich, soweit es ihre Fesselung erlaubte, auf ihren Karren und sangen in die gaffende Menge hinaus, die, je komischer die Arie war, desto stürmischer applaudierte. Heute stirbt man unauffälliger, hast du gesagt, man findet dich vielleicht eines Abends, tot am See des Großen Friedens, den Kopf im Wasser, die Kleider trocken. Du bist verstummt. Unser Gastgeber sagt, Ihre Wagen warten, verzeihen Sie, ich bin, ich war plötzlich von Heimweh ergriffen, unerwartet legt er seine Hand auf deine Schulter.

Ich gehe beim Einnachten durchs Dorf, die gerade Straße der Senke, die Seitenwege von Osten nach Westen, kalkweiß leuchtet der Kirchturm im dunklen Himmel. Ich mache weiter meine Aufnahmen, als wäre ich nicht das letzte Mal im Aluminiumwerk gewesen. Zwischen den Kiefern auf dem Friedhofshügel ragt etwas Helles auf, ich traue meinen Augen nicht, aber das Festzelt scheint schon ausgespannt. Ich laufe zur Lichtung empor, Glühwürmchen blinken im Gras, schweben bald dahin, bald dorthin, erlöschen im Flug, funkeln wieder, der ganze Hügel ist voll unruhiger Lichtsignale. Das Festzelt, das nicht nur die Bühne, sondern auch die Lichtung überspannt, ist riesig. Die Bühne ist bereits bestuhlt, sogar eine Fahne hängt schon vom Dach des Festzelts, auf gelbem Seidengrund ist der Friedhofshügel eingestickt, von Kumuluswölkchen überflogen, darüber steht mit Silberfäden, Soyons Unis. Plötzlich ist mir, etwas hätte sich in der Nähe bewegt. Ich drehe mich um, am Rand der Lichtung ist eine große Anzahl von Wagen versammelt, mit Plachen vermummt, eine Hand fährt in die Höhe und winkt. Hintereinander, Reihe um Reihe, jeder einzeln verhüllt, handelt es sich zweifellos um die Wagen der Höllenbahn. Auf der Plache des vordersten Wagens sitzt die Verwalterin. Jetzt bin ich doch wirklich hier eingeschlafen, sagt sie, dabei wollte ich nur kontrollieren, ob die Stühle für die Musikgesellschaft vollständig sind, wie gefällt Ihnen denn das Festzelt? Die kleinen Weißweingläser stelle ich natürlich erst am Morgen des Musikfests unter die Stühle, der gesamte Konzertverlauf ist gefährdet, wenn auch nur bei einem einzigen Spieler das Gläschen unter dem Stuhl fehlt, jeder muß es stets in Griffnähe haben, oder man muß damit rechnen, daß eine Darbietung brüsk abbricht, weil der Trompeter, oder der Hornist verzweifelt ihr Gläschen suchen. Abgesehen davon zeigt die Musikgesellschaft stets höchste Ausdauer, nach jedem Stück sind ja lange Pausen eingelegt, Verschwinden und Wiederkommen des Dirigenten, komplizierte Listen und Danksagungen, Gönnerehrungen, Zwischenspiele von Tambouren auf der Vordertribüne. Die Verwalterin zieht sorgfältig die Plachen zurecht. Sie überschaut dieses ganze vermummte Arsenal der Höllenbahn, als hielte sie Zwiesprache mit Auferstandenen aus einer nur ihr bekannten Welt. Ich habe noch zu tun, sagt sie kurz, und verschwindet zwischen den Wagenreihen. Ich laufe den Friedhofshügel wieder hinunter, das Glimmen der Glühwürmchen hat nachgelassen, die Nacht ist ungewöhnlich klar. Jeder Rebhang hebt sich scharf ab, auch die Gebirgsränder in der Ferne, selbst der Himmel wirkt durchscheinend. Leise wölbt sich die Weltkugel, kreist durchs All, vom Osten her überzieht die Große Mauer die Erde, sichtbar bis zum Mond. In seinem fahlen Licht tauchen hinter den Quadersteinen die Ermordeten auf, die der Fronarbeit Widerstand entgegensetzten und zur Strafe im Wall verschüttet wurden. Nebelmeere fliegen über sie hinweg, wie winzige versteinerte Insekten verharren die Toten in der durchsichtig gewordenen Mauer, ihr Gesicht ist längst zerfallen, Gras wächst in ihrem Haar. Blick nicht zurück, sagst du, oder man wird mich lebendig begraben.

Noch sind die Mittage von großer Wärme, keine Stimme steigt aus den Rebzeilen, niemand steht unter den Nußbäumen. Nur manchmal knarrt eine Tür, die heimkehrenden Männer verschwinden in den Kellern, um schon vor dem Essen, dem Blick der Frauen entzogen, ein Glas zu trinken. Der Kleine, Dünne, winkt mir vor dem Kellereingang am Dorfplatz, kommen Sie zu einem Schluck! Von der Mittagshelligkeit geblendet, sehe ich zuerst nur die Umrisse des Dicken, der in der Kellerecke kauert. Wollen Sie nicht einmal aus diesem Fäßlein probieren, sagt der Kleinere, und hält mit ein nur handhohes grüngestrichenes Fäßlein hin, ein solches Fäßlein hatte früher jeder bei der Arbeit umgebunden, sie waren aus Lärchenholz, und man fertigte sie in den verschiedensten Größen an. Ich sehe zum

Dicken hin, er kauert vor seinem Schnapsofen, hinter seinem Rücken hat sich unmerklich die zweite Kellertür einen Spalt geöffnet, dann schaue ich den Kleineren an und sage, ich habe meine Arbeit verloren. Die beiden nehmen schweigend einen Schluck. Der Kleinere hält mir erneut das grüngestrichene Fäßlein hin, der Dicke poliert etwas an der Schnapskanüle. Dann hebt er den Kopf, es gibt bald viel zu tun, sagt er, die Traubenernte steht bevor! Ich bin zu alt für die Aufregungen dieser Zeit, aber Sie, Sie sind jung! Obwohl gerade die Frauen sich während der Traubenernte in einer großen, unansprechbaren Unruhe befinden, bis der letzte Rebstock abgelesen ist, und es gibt Jahre, da essen sie vor Sorge keine einzige Traubenbeere. Seine Zeit kommt nachher, grinst der Kleinere, wenn die dürren Rebstöcke schon vom ersten Schnee überstäubt sind, an den Wegrändern die schwarzen Haufen der Traubentrester sich türmen, und am Abend aus den Kellern im Dorf die warmen Schnapsdämpfe strömen. Dann sitzt er, bei spärlichem Lichtschein, stundenlang vor seinem Schnapsofen. Sie können sich nicht vorstellen, sagt der Dicke, wie das so ist, langsam, mit einem knappen hellen Klang, den Schnaps aus der Kanüle tropfen zu hören, im Rükken das Reifen des Weins in den Fässern, und draußen einzelne Schneeflocken, die zwischen den rostroten Rebzeilen hindurchwehen. Oft hat mir Ihre Vorgängerin einen kleinen Vogel gebracht, den sie betrunken, erfroren auf einem gärenden Haufen Traubentrester gefunden hatte, wir haben ihn warmgerieben, notfalls mit Schnaps, aber nur selten erholt sich so ein Vogel wieder. Überhaupt ist Ihre Vorgängerin, gegen Ende ihres Aufenthalts, manchen Abend mit mir vor dem Schnapsofen gesessen. Damals schien ein Wahn von ihr zu weichen, in ihren Augen dämmerte die Kontur einer Erfahrung. Sie war mein einziger Besuch, den ganzen Winter über, früher war das anders, da lebte man von den vielen ausgedehnten Verwandtschaftsbesuchen, jetzt geht jeder seines Wegs. Aber vielleicht brechen völlig andere, nie gesehene Völkerwanderungen an? Der Kleinere blinzelt, er phantasiert bisweilen, wissen Sie, das kommt davon, wenn man zu lange vor dem Schnapsofen sitzt. Er füllt mir mein Fäßlein nach, wirklich, wollen Sie nicht bei der Traubenernte mitarbeiten? Es kann nicht mehr lange dauern, nur noch ein wenig Föhn ist nötig, der richtige Traubenkocher ist der Föhn. Aber der Föhn kommt, wann er will! Nur nicht wieder ausgerechnet am Musikfest, wirft der Dicke ein, daß man bei jedem Sturmstoß fürchten muß, er schleudere das ganze Festzelt in die Luft, ja! wenn er wenigstens letztes Jahr den Bewässerungsinspektor in seiner Gondel fortgerissen hätte! Eine Gondel, rufe ich, welche Gondel? Die Gondel war das Prachtstück der Nummer, sagt der Kleinere, eine ausgediente Seilbahngondel auf Rädern, Sie müssen sich eine dieser imposanten alten Rundgondeln vorstellen, grandios bemalt, mit lauter pyramidenförmigen Gipfeln, als spiegelte sich auf ihr das gesamte Alpenpanorama wider, der Kaiser von China traversiert die Alpen, so hieß schließlich auch die Nummer, aber weit phantastischer war der Papierlöwe, der die Gondel zog, mit kolossalen Pranken und einem Flammenschweif, ob das vielleicht den Bewässerungsinspektor vermuten ließ, es verberge sich ein Riese darunter? Aber was! sagt der Dicke, jeder im Festzelt hat die dünnen gelbhäutigen Jungenbeine unter dem Papierlöwen gesehen, der Bewässerungsinspektor spielte nur endlich seine wahre Rolle! Und, sage ich, und? Trinken Sie, drängt der Kleinere, warum trinken Sie nicht! Er öffnet weit die Kellertür. Mit einem Schlag flutet die ganze Mittagshelligkeit herein.

Schneidend klar stehen heute die Westberge am Horizont. Von einem immer tieferen Blau wirkt die Luft, je unaufhaltsamer der Abschied sich durch die Stadt ausbreitet. Aber noch gehorchen ihm nicht alle Straßen und Plätze, der Zufall ist noch in unserem Bann. Plötzlich entdecke ich dich an der Treppe, die zur Metro hinunterführt. Du wendest mir den Rücken zu, du bückst dich nach etwas und steckst es in die Hosentasche, wo gehst denn du hin, entfährt es dir. Du läßt mich einen Blick in deine Tasche werfen, nichts, nur eine zerbeulte westliche Bierdose, ich sammle, lachst du, die Abfälle der Fremden. Es ist, als würden uns Passanten beobachten. Wohin wollen wir gehen, sagst du, und als fände sich in dieser Millionenstadt tatsächlich kein anderer Ort, kauerst du am Straßenrand nieder, und wortlos, ebenso rasch wie du, kauere ich mich neben dich. Ein warmer Windstoß wirbelt deine offenen weißen Hemdärmel zurück, ganz kurz berührt dein Ellbogen den meinen, die Fahrräder klingeln, grausam gleichgültig, ein Schwarm von Fischen, eilen sie vorüber. Komm, sagst du, komm in die Metro hinunter. Und aussichtslos auf der Flucht, denn selbst hinter den Fensterscheiben der verborgensten Wohnhöfe tauchen Gesichter auf, bleibt uns nur dies, in das noch dichtere, bereits am Erstarrungspunkt angelangte Gedränge der Metro hinabzusteigen. Nur manchmal, bei einer Haltestelle, bewegt sich die Masse wie ein einziger ins Wanken geratener Block, ich werde gegen dich gepreßt, meine Stirn gegen dein Kinn, reglos verharren wir so, von Haltestelle zu Haltestelle rühren wir uns nicht, wir fahren durchs Innere der Erde, wir sind aneinandergewachsen, ein untrennbares Brennen. Und als nähme ich erst jetzt, von einer schwindelnden Reise erwacht, die Mitfahrer der Metro wahr, sehe ich, über einer weißen Mundbinde, ein dunkles Augenpaar starr auf uns gerichtet. Was hast du, sagst du, diese Mundbinden trägt man hier oft. Wir müssen aussteigen. Warum rauscht die Klimaanlage im fünfzehnten Stock so laut? Mein Koffer liegt offen, und als zwänge mich eine teilnahmslose Ordnung der Welt zu handeln, lege ich das weite Sommerkleid hinein, die Teetassen, das

Nachthemd. Du stehst schon in der Halle des Flughafens, abseits bei einer Säule, du kümmerst dich um das Gepäck, fast zuletzt füllst du mein Formular aus. Im Tonfall sachlicher Fragen sagst du, letzte Nacht war mir, ich sei weit fort in die Berge geschickt worden, tagelang mußte ich ein schwer mit Kies beladenes Boot einen Fluß hinaufziehen, und auf einmal breitet sich stickiger Nebel aus, nie gesehener entsetzlicher Nebel, ich fliehe auf den höchsten Berg, aber auch dort oben ist bereits alles undurchdringlich verhüllt, ich rase zurück in die mir zugewiesene Baracke, ich kann nicht mehr atmen, ich presse mich auf den Boden, da allein ist noch, nur handbreit, ein dünner Raum mit Luft, doch der giftige Nebel wälzt sich immer drückender heran, wild schlage ich mit dem Kopf auf die Steine, ich kann so nicht leben! Das Formular ist ausgefüllt. Du wendest dich ab, aber deine Augen haben mich nochmals getroffen. Voller Zorn? Trauer? Es geht jetzt alles sehr schnell. Schon muß ich die Passerelle hinaufsteigen, jeder Schritt verlangt eine ungeheure Anstrengung. Ein Verlangen, übermächtig und jede Vernunft tötend, läßt mich, bereits auf der Höhe der Passerelle angelangt, nochmals zurückschauen. Ich sehe nur noch deinen Kopf, über die Formulare gebeugt, doch plötzlich, wie ein unbeirrbares triumphierendes Zeichen, eine allen Zerstörungen entronnene kleine Flagge über der Sintflut, das weiß aufscheinende Pflästerchen auf deinem Nakken. Die Propeller dröhnen, das Pflästerchen entschwindet, senkrecht hebt sich das Flugzeug in die Luft.

Die Enthüllung des fertig renovierten Observatoriums steht bevor. Der Vorabend des Musikfests ist dazu bestimmt worden, die Verwalterin hat mir angedeutet, daß man sich auf dem Gelände des Kanalhauses versammeln werde, und ob ich dann auch da sei, ich müsse unbedingt anwesend sein. Schon früh treffen ein paar Frauen ein, ungeniert setzen sie sich bei mir in die Veranda, später füllt sich der Vorplatz des Kanalhauses rasch mit den direkt von der Arbeit kommenden Männern. Die alte Frau in den Kindersocken steht dicht bei den Brennesselbüschen und lacht aufgeregt ins Kanalhaus hinein. Mehrere kleine Papierlöwen springen herum, offensichtlich haben die Kinder den Anlaß benutzt, um wieder einmal ihre Fäuste anzumalen, die Leute mit dem Rascheln ihrer Mähnen zu erschrekken und hinter den Häuserecken hervorzufauchen, auch schwingen alle hellrote fußförmige Eisstengel, ganz so, als wäre dieser Abend eigens für sie ausgedacht worden. Schon tagsüber sind warme Windstöße die Rebhänge herabgefahren, jede Wolke ist aus dem Himmel gewichen, die jenseitigen Gebirgsränder sind zum Greifen nah, unverkennbar kündigt sich Föhn an. Angeregte Stimmung hat sich um das Kanalhaus herum ausgebreitet. Die Frauen beharren darauf, daß ich bei ihnen in der Veranda sitzen bleibe, von hier aus lasse sich die Enthüllung des Observatoriums aufs eindrücklichste verfolgen, sie haben bereits einen dichten Kreis um mich gebildet. Stille ist in der Menge eingetreten. Unter der Veranda haben sich der Dicke und der Kleinere, Dünne, eingefunden, sie schauen beide entschlossen zu mir herauf. Der Kleinere räuspert sich, es freut uns außerordentlich, sagt er laut, Sie zu diesem wichtigen Ereignis zu begrüßen, das Observatorium wäre ohne Sie nicht das geworden, was es heute ist, wir möchten nun zur Enthüllung etwas Festliches erklingen lassen, das unser ganzes Dorf ehrt und Ihnen übrigens nicht unbekannt sein dürfte. Alle Frauen in der Veranda stehen auf. Etwas Rotes blitzt, es sind die Ohrringe der Frau vom Aluminiumwerk, sie ist in geradezu feierliches Schwarz gekleidet, eben trocknet sie sich mit einem Taschentuch nochmals kurz den schweißnassen Hals. Der Dicke schwenkt seinen blauen Arbeitskittel über dem Kopf, und im selben Augenblick fallen vom Observatorium, wie von unsichtbaren Händen losgelassen, die Plastikplachen herunter. Blau steht das Observatorium im blauen Föhnabend. Unwillkürlich hebe ich die Hand, als löste sich das durchsichtig luftige Blau bei der leisesten Bewegung in Täuschung auf, aber es bleibt, ein Wirklichkeit gewordener Bestandteil des Himmels, wunderbar standhaft. Ich habe nicht einmal bemerkt, daß jemand alle Fensterläden des Observatoriums zurückgeschlagen hat, ich sehe plötzlich nur die weitoffenen Fenster, und unmittelbar darauf wird der gesamte Umkreis von einer herausdringenden Musik erschüttert, als wäre das Innere der Erde selbst aufgebrochen. Fassungslos drehe ich mich um. Ich blicke in lauter gespannte, neugierig zum Observatorium hinaufgewandte Gesichter. Einige Männer beginnen, wie aufgeschreckt durch die Klangintensität, unbestimmt den Kopf zu wiegen, während die Kinder in ihren Papierlöwenmähnen zunehmend begeistert mit den Füßen stampfen. Verschiedene Rhythmen und Lautfolgen der Musik kommen mir merkwürdig bekannt vor, aber die geballte Lautstärke verändert alles, wie ein Orkan eine vertraute Landschaft von Grund auf wandelt. Mitten unter den jetzt aus Leibeskräften stampfenden Papierlöwen tanzt jemand, absichtlich gebückt, herum, auf einmal wirft er seinen kurzen Haarschopf hoch, es ist der Metzger in seiner gestreiften Schürze, Ihre Jubiläumsplatte! schreit er mir durch das Getöse der Musik zu, toll, was!? Eine noch dröhnendere, sich überschlagende Partie folgt, alle meine Geräusche von Hackmaschinen, Lawinen, Helikoptern, Wassersprengern scheinen vielfach gemischt und unvorstellbar verstärkt worden zu sein, die kleinen Papierlöwen kreischen inzwischen frenetisch, ihre tropfenden Eisfüße vergessend, dann ist jäh Schweigen hinter den weitoffenen Fenstern des Observatoriums. Die Leute nähern sich, etwas ratlos doch aufgeräumt, der Veranda und heben ihre kleinen Weißweingläser zu mir herauf. Die Verwalterin steht vor mir, die Wangen vor Anspannung gerötet, morgen feiert das Aluminiumwerk sein fünfundsiebzigjähriges Bestehen, fängt sie an, aber Sie haben unser Musikfest um eine Musik vervollständigt, die wir, hier im Dorf, am meisten zu schätzen wissen. Ich habe mir zwar, sage ich verwirrt, die Musik ziemlich anders vorgestellt! Die Verwalterin wehrt rasch lächelnd ab, wir möchten Ihnen, fährt sie mit fester Stimme fort, von nun an das Observatorium als Wohnung anbieten.

Langsam verlaufen sich die Leute. Einige gehen noch, in kleineren Gruppen, den Weg zum Observatorium hoch, um die frisch verputzten Mauern aus der Nähe zu besehen, die kleine Frau in den roten Kindersocken hat sich hinter den Brennesselbüschen niedergelegt und ist eingeschlafen. Nur der Metzger bleibt bei mir auf der Veranda, wir beugen uns zusammen übers Geländer, oben auf dem Observatoriumshügel beginnt die Verwalterin von außen sorgfältig die Fensterläden zu schließen. Auf eine solche Überraschung waren Sie wohl nicht gefaßt, lacht der Metzger, ohne eine Indiskretion der Arbeiter unten im Aluminiumwerk hätten wir das auch nicht geschafft. Prüfend schaut er in den Föhnhimmel hinaus. Die lauen Windstöße haben zugenommen. Ich fürchte, sagt er, es wird morgen ein stürmisches Musikfest geben, er fixiert mich mit den Augen, ob sich Ihre Vorgängerin noch an das letztjährige erinnert? Ich wende meinen Blick nicht vom Observatorium ab, nicht genug kann ich das Blau auf dem Hügel betrachten, auch höre ich deutlich die liegengelassenen Plastikplachen knattern. Erst vor ihrer großen Reise, sagt der Metzger, bahnte sich in den Augen Ihrer Vorgängerin so etwas wie Vergessen an, ungeteilter als jede Erinnerung, ihre Bewegungen wurden leichter, aufrechter, als hätte sie das Gesicht von einem Abgrund gehoben, nicht vernichtet, sondern von einer fremden Energie durchstrahlt. Ich habe mich oft gefragt, warum man nie auch nur einen einzigen Teil, wenigstens ein Stück Silberverzierung oder einen Griffknopf des Akkordeons in der Schlucht gefunden hat, viele vermuten, es hätte das Akkordeon bei der Schneeschmelze zur Gänze fortgeschwemmt, aber ich zweifle nicht daran, daß Ihre Vorgängerin in jener Nacht das Akkordeon mit solcher Wucht hinuntergeschmettert hat, daß es vollkommen in Trümmer ging. Ich lasse das Observatorium nicht aus den Augen, die Plastikplachen heben und senken sich, bei jedem Windstoß, immer mehr vom Boden weg. Der Bewässerungsinspektor war aber auch, sagt der Metzger, abscheulich in seinem Toben anzusehen, alle waren erst wie gelähmt, der schwüle Abend tat sein übriges, es erschien uns nachher oft, als habe der Bewässerungsinspektor sich diese lähmende Schwüle zunutze gemacht, schon zu Beginn des Musikfests war es stickig, man hatte die Zeltwände auseinandergeschlagen, so daß schon von weitem die helle Öffnung sichtbar war, aus der die ersten Lieder des Männerchors drangen. Es sind immer dieselben Lieder, man kennt sie auswendig, Les émigrants, Ceuillons ma jolie, Le pressoir, auch wenn die Alten vom Dorf, besonders die Männer, regelmäßig dabei einschlafen und bei jedem Klatschen wie aus einer anderen Zeit auffahrend erwachen, fehlt dem Musikfest doch etwas Entscheidendes, wenn diese Lieder nicht gesungen werden. Vielleicht hätte das ganze Musikfest gerettet werden können, wenn man nicht auf die Idee verfallen wäre, eine Überraschungsnummer, eine Attraktion von auswärts, kommen zu lassen, woher man überhaupt diese merkwürdige Nummer hatte, ist nie bekanntgeworden. Auch war niemand darauf gefaßt, daß sich ausgerechnet der Bewässerungsinspektor als Kaiser von China melden würde, man sah dieses Herumkutschieren in der bemalten Seilbahngondel als eine Kindersache an. Aber der Bewässerungsinspektor trat sofort vor den prunkvollen Papierlöwen, von dem anfänglich keiner wußte, wer sich darunter verbarg, und ließ sich umständlich und mit einer allerdings bereits beängstigenden Selbstherrlichkeit als Kaiser von China verkleiden, Ihre Vorgängerin sah sprachlos zu, sie hatte das Akkordeon, das ihr der Bewässerungsinspektor zum Begleiten in den Schoß gedrückt hatte, verstört auf den Boden gestellt. Inzwischen fuhr der Bewässerungsinspektor fort, sich mit imposanten Gesten nach allen Seiten zu drehen, er öffnete weit das orangeleuchtende Kaisergewand, schlenkerte die langen Wasserärmel und knallte mit der Peitsche, bei jedem Schritt blitzten die weißen Schuhsohlen, und als er endlich die vom Papierlöwen gezogene Seilbahngondel bestieg, kreuzte er mit Ingrimm die Federhörner im Mund. Der Papierlöwe, unter dem nun sehr wohl zwei gelbhäutige nackte Jungenbeine sichtbar wurden, zog drei Runden und hielt an, aber der Bewässerungsinspektor schrie, vorwärts! und als der Papierlöwe nicht sogleich in Galopp fiel, hieb er ihm mit der Peitsche über die Mähne, daß sie vornüberrutschte und der bloße Nacken und der schwarze Haaransatz des Jungen zum Vorschein kamen. Der Bewässerungsinspektor ließ von neuem die Peitsche daraufknallen, Ihre Vorgängerin sprang auf, aber vielleicht hatte er gerade in ihren Augen etwas gesehen, was ihn zur Raserei brachte, vorwärts! brüllte er, vorwärts! und hieb auf den bloßen Nacken des Jungen ein, der Papierlöwe schwankte, zog, und man hörte das verzweifelte Keuchen des Jungen, immer nahe am Hinstürzen, zwei Runden, mit der einen Hand hielt der Bewässerungsinspektor weiterhin sein orangenes Kaisergewand offen, das wie eine von Petroleum begossene Flamme durchs ganze Festzelt schlug, mit der anderen peitschte er mit satanischer Wut den Jungen vorwärts, bis ein langes Blutrinnsal die Papiermähne dunkelrot färbt und der Junge, noch vor der fünften Runde, unter seiner zerfetzten Löwengestalt lautlos zusammenbricht. Ich starre den Metzger an, ich weiß nicht mehr, wo ich bin. Ich sitze im Innern des Observatoriums, zwischen den Flügeltüren meines Schranks. Durch die sperrige Querleiste des Fensterladens fällt ein heller Streifen, aber keine Fingerspitzen mehr zittern begehrlich im Lichtspalt, niemand hämmert an die Tür. Nur der warme Wind dringt in Stößen herein, vor der offenen Querleiste hebt und senkt sich etwas, ein Knattern, ein Sichüberschlagen, ein gewaltiges Rauschen, und plötzlich, unter einem neuen Ansturm des Windes, steigt eine riesige durchsichtige Haut in die Luft, und fliegt! fliegt über die Rebhänge, fliegt weit über den Fluß, und wirklich packt mich der Metzger in diesem Augenblick erregt bei der Hand, die Plachen! schreit er, die Plastikplachen fliegen fort! Auch das letzte Ende, das sich in einem Rebstock verfangen hat, ist jetzt in die Höhe gerissen worden und wirbelt über das Observatorium hinweg, und als flöge etwas von mir selbst, ausgetragen und von aller Schwere befreit, in die blaue Luft hinaus und löste sich dort vollkommen auf, lache ich, lache ich unsäglich erleichtert, und auch der Metzger lacht begeistert über die Plastikplachen, die nun schon entschieden der Ebene zuschweben, beide beugen wir uns über das Geländer der Veranda und verfolgen die Plachen, bis sie, fern hinter den Hügeln, in den Horizont eingehen. Der Metzger schüttelt noch lachend seinen kurzen Haarschopf, als er bereits ins Dorf zurückläuft, das zwischen scharfen Schatten im letzten Föhnlicht leuchtet.

Ich erwache von einem mehrmaligen Klopfen an der Tür. Erschreckt springe ich aus dem Bett, habe ich mich derart verschlafen, holt man mich bereits zum Musikfest? Aber ein Blick durch die Verandatür überzeugt mich, daß es sehr früh sein muß, nicht einmal das Dach des Observatoriums ist von der Sonne beschienen. Die Mauern sind noch von Schatten getränkt, in einem jetzt fast dunklen, intensiven Blau heben sie sich vor dem blassen Himmel ab. Ich werfe meine Jacke über, öffne die Tür, draußen, in einem großen Abstand zur Schwelle, als möchten sie sich für ihr zudringliches Klopfen entschuldigen, stehen zwei Männer in abgetragenen Kitteln. Es ist der Chauffeur und der Beifahrer. Der Beifahrer neigt grüßend den Kopf, die graue Haarsträhne fällt ihm dabei tief übers Gesicht, der Chauffeur hebt die Hand und beschattet die Augen, als könnte er mich im Dämmerlicht der Tür nicht deutlich erkennen. Wie kommen Sie denn, rufe ich überrascht, in die Gegend? Wir wollten Ihnen, sagt der Beifahrer, auch wenn dieses Mal die Fahrt nicht lange dauert, nur behilflich sein, Sie wohnen doch jetzt im Observatorium? Dann sind beide schon eingetreten, der Chauffeur trommelt leicht gegen die Flügeltüren des Schranks, der ist auch nicht voller geworden! der Beifahrer hat bereits das Bett auseinandergenommen und hievt die Matratze auf die Schulter. Hinter dem Kanalhaus steht der Lastwagen, die Hebebühne schräg heruntergelassen, eben verschwindet der Chauffeur mit dem Schrankaufsatz im Innern des Wagens. Etwas benommen, als müßte ich Zeit gewinnen, und zugleich überwach, gehe ich ins Kanalhaus zurück, die vom Tau beschlagenen Brennesselbüsche streifen, Tröpfchen sprühend, meine Beine. Ich überblicke nochmals den ganzen Raum, die gekalkten Wände, die hintere Fensterfront, den Steinfußboden. Nur noch der Mistelstrauß hängt über der Verandatür, in einem jähen Entschluß nehme ich ihn herunter und trete mit ihm vor das Kanalhaus. Die ersten Strahlen der Sonne fallen auf das blaue Observatorium. Kommen Sie, ruft der Chauffeur. Er steht am Wagenschlag und öffnet mir, zu dieser kurzen und doch erst nach so langer Zeit erfüllten Reise.

Das Werk von Gertrud Leutenegger
im Suhrkamp Verlag

Vorabend (1975)
suhrkamp taschenbuch 642

Ninive (1977)
suhrkamp taschenbuch 685

Lebewohl, Gute Reise (1980)
edition suhrkamp 1001

Gouverneur (1981)

Komm ins Schiff (1983)

Das verlorene Monument (1985)
edition suhrkamp 1315